걷다
보니 ‌‒‒‒‒‒

내가 좋아지기
시작했다

어느 정신과 의사의
상처와 관계를
치유하는 여행기

걷다
보니 _____

내가 좋아지기
시작했다

이승민
지 음

메디치

여행만큼 멋진 처방은 없다

'살면서 책을 한 권 낸다면, 어떤 주제로 글을 쓰는 게 좋을까?'

첫 책 《상처받을 용기》를 쓰기 전부터 항상 고민해 온 주제이다. '근거 없는 비난에 무너지지 않는 법'이라는 주제로 풀어내어 5만 부 이상이 판매되는 과분한 관심과 사랑을 받았다. 당시는 강북삼성병원의 기업정신건강연구소에 근무하고 있을 때라 내담자 대부분이 회사의 임직원이었는데, 진료실을 방문하는 이들이 가장 괴로워했던 것이 남의 비난과 뒷담화였기에 그 주제를 가지고 글을 쓰는 것은 지극히 당연한 일이었다.

하지만 지금 내 진료실을 찾는 이들 중에는 주부도 있고 아이도 있으며 노인도 있다. 고민과 스트레스 역시 가지각색이다. 하나의 주제를 고르기에는 그분들의 고민이 너무 다양하다. 각각의 상황도 모두 다르다. 이 사람에게는 좋은 해결책이 될 수 있는 조언이, 저 사람에게는 오히려 악수가 되기도 한다. 조용히 앉아는 있지만, 내 앞에 있는 분께 어떤 말을 건네야 도움이 될지 머릿속은 쉴 새 없이 고민한다는 점에서 정신과 의사는 다이내믹한 직업이다. 뻔하지 않고 도움이 되는 이야기를 건네고 싶은데, 그게 말처럼 쉽지는 않다.

이렇게 막막한 기분에 사로잡힐 때 내담자의 입에서 여행 이야기가 나오면 괜히 즐거워진다. 어딜 다녀왔는지 물어보게 되고, 다녀온 느낌이 어떤지 맛난 음식은 뭘 먹었으며 어떤 볼거리가 있었는지 물어보게 된다. 내가 잘 아는 여행지가 나오면 같이 맞장구를 치다가, 혹 내가 아는 곳을 가보지 않았다고 하면 열심히 정보도 공유한다. 가끔은 원장님 병원 하지 말고 여행사 하셔도 되겠다는 이야길 듣는다. 심리적 문제와 스트레스에 대한 이야기를 해야 할 시간에 여행 이야기만 나누고 있다. 이런 순간이 오면 괜히 눈이 반짝거리고, 오후의 나른함은 달아나게 된다. 내가 정말 여행을 좋아하고 사랑하기에 벌어지는 일이다.

"스트레스 받지 마세요."라는 말처럼 비현실적인 말은 없다. 스트레스는 받고 싶지 않다고 안 받을 수 있는 게 아니니까. 스트레스는 받지 않는 게 아니라 잘 풀어야 하는 것이다. 누구에게나 스트레스를 푸는 나름의 방법이 있다. 그 방법 중 큰 부분을 차지하는 것이 여행이다. 기분을 전환하고 스트레스를 해소하는 데는 여행만 한 것이 없다. 물론 준비와 여행의 과정에서 스트레스가 더 쌓이는 경우도 일부 있기는 하겠지만, 그걸 감안하더라도 여행은 행복한 일이고 일단 떠나면, 떠나기 전 안고 있던 긴장이 풀어진다. 그렇게 열심히 상담하고 약을 먹어도 좋아지지 않던 우울한 사람들이, 여행을 다녀와서는 우울한 기분이 나아지는 경우를 흔히 목격한다. 물론 그 여행의 효과가 지속적으로 유지되기는 힘들겠지만, 어떤 치료보다 나은 항우울 효과를 보여준다. 아무도 나를 모르는 곳에 있다는 익명성과 자유로움, 익숙하고 답답한 일상에서 탈출했다는 해방의 감정이 사람의 기분을 끌어올려 준다. 진료실에서 '약물'이 아니라 '여행'을 처방하면 얼마나 좋을까 하는 생각이 들 정도다.

다시 본론으로 돌아와서, 내가 가장 사랑하고 좋아하는 것에 대한 글을 쓴다면 주제는 무조건 여행이었다. 나에게 가장 친숙한 주제인 동시에 애정을 듬뿍 담아낼 수 있는 소재였다. 《상처받을 용기》 집필 이후에도 여행에 대한 설렘과 애정을 쏟아내는 글을 쓸 수 있기를 항상 고대해 왔다. 여행길에서

겪은 다양한 이야기에 정신과 의사로서 느꼈던 생각을 담아내어, 우리가 일상에서 받는 다양한 괴로움과 스트레스를 위로하는 얘기를 풀어보고 싶었다.

때마침 코로나가 터졌다. 모든 여행의 계획이 정지되었다. 더 많은 여행지의 데이터베이스를 가지고 이야기를 풀어보고 싶었지만, 그렇게 할 수 없게 되었다. 그런데 오히려 그게 반전이 되었다. 나갈 수가 없게 되니 하드디스크에 저장되어 있던 빛바랜 옛날 사진을 들춰보게 되었다. 그런 과정에서 당시 느꼈던 생각과 감정이 희미하게 솟아올랐다. 각각의 여행지에 각자의 주제와 사연들이 있었다. 크게 숨을 고르면서 그동안 다녀온 곳을 떠올리고 정리했던 이 시간이, 나에겐 이 책을 집필하는 더없이 좋은 기회가 된 것이다.

굳이 어떤 목표를 가지고 여행을 떠날 필요는 없다. 무언가를 얻어오겠다는 미션이 생기는 순간 여행은 이미 스트레스가 된다. '얻기 위해 간다'가 아니라 '가보니 얻어지더라'가 훨씬 이상적이다. 무언가를 얻지 못한다 하더라도 아무 상관이 없다. 아침부터 저녁까지 관광버스에 실려 이것저것 구경하며 다니는 것도 여행이고, 호텔 수영장 풀사이드 체어에 누워 하루 종일 칵테일을 마시며 망중한을 즐기는 것도 다 여행이다. 중요한 건 우리가 떠나왔다는 거다. 익숙한 내 일상의 환경에서 벗어나는 그 행동 자체가 여행이니까. 떠나온 그 자체에 의미가 있다.

　나도 무언가를 얻기 위해 여행하지는 않았다. 그저 떠나고 싶었고, 그곳이 궁금했다. 하지만 지난 여정을 회상하고 돌이켜보니 각각에 어울리는 주제가 떠올랐다. 무척 흔하면서도 중요한, 진료실에서도 자주 다루는 이야기들이었기에 이를 독자들과 공유하고 싶었다.

　가볍게 술술 읽힐 수 있기를 바라본다. 내 여행지가 독자 여러분의 관심을 끌어 가보고 싶은 여행지가 된다면, 그것도 좋은 일이다. 내가 했던 사색을 여러분이 해야 할 이유도 없다. 그저 여행지에서 느낄 법한 기쁘고 생경한 감상을 함께 공유해주면 좋겠다. 언젠가 모두 다시 떠날 수 있는 그날을 기다린다.

첫 여행을 잊는 사람은 없다

'처음'이라는 각인

"죽기 전에 지구는 다 보고 싶어요."

소위 '좌우명'이라는 것에 언제부터 왜 이런 글귀를 적기 시작했는지는 솔직히 잘 기억이 나지 않는다. 집에 그 흔한 지구본은 물론이고, 세계지도 하나 없었는데 말이다. 공부만 하는 답답한 현실에 대한 하소연이었을까? 유튜브도 없고 인터넷도 없던 시절, 가끔 TV에서 발견하는 넓은 세상이 날 자극했는지도 모르겠다. 이후 더 넓은 세상으로 뛰쳐나가고 싶다는 좌우명을 가진 사람들을 쉽게 만나지 못한 것으로 보면 일찍이 남들보다 낯선 세상에 관심이 많았나 보다.

어쩌면 남과 달라야 한다는 강박관념 때문이었는지도 모르겠다. '남과 다른 경험을 해보고 싶다', '식상한 경험은 따분하다' 같은 생각들 말이다. 아무래도 새로운 경험에 대한 욕구는 낯선 곳에서 충족될 가능성이 클 것이다. 뭔가 '보편적이고 싶지 않다'는 생각은 보편적이지 않은 진로에까지 이어졌고, 훗날 정신과 의사가 되는 것으로 결론이 났다. 지금에야 정신과가 매우 인기 있는 과지만, 내가 막 정신과 레지던트가 되었을 때는 학회를 가도 나처럼 '파릇파릇한 현역'에 '남자'인 의사가 별로 없었다. 내 인생이 해피엔딩이 될지 새드엔딩이 될지 당시로서는 그 길을 계속 걸어가 보는 수밖에 방법이 없었다.

여행도 마찬가지로 남들이 잘 안 가는 먼 곳으로, 가급적 뽀대 나는 곳으로 가기를 원했다. 애매한 곳으로 가고 싶지는 않았다. 그러려면 유럽을 선택하는 것이 정답이었다. 내 지적인 허영심과 자존감은 유럽에 가서야 꽃을 피울 것 같았다. 파리나 런던 정도는 다녀와야 어디 가서 여행, 그것도 '배낭여행'을 다녀왔다 얘기할 수 있지 않겠는가. 혼자서 멋지게 다녀오고 싶었지만, 초심자의 불안은 어느 순간 패키지 여행을 찾고 있었다. 보수적인 부모님은 아들의 황당한 만용을 쉽

첫 여행을 잊는 사람은 없다: 유럽 배낭여행

내 인생이 해피엔딩이 될지 새드엔딩이 될지 당시
로서는 그 길을 계속 걸어가 보는 수밖에 방법이
없었다.

사리 허락하지 않았다. 아르바이트로 번 돈을 꼬박 집에 갖다 바친 것이 후회될 정도였다. 하지만 난 결국 내 여행을 쟁취했고, 떠날 수 있었다.

친구들은 돈 쓰며 고생하러 떠나는 날 쉽게 이해할 수 없다는 말투와 표정이었다. 살면서 꼭 남들을 이해시킬 필요는 없다. 내가 가는 길이 누구에게나 환영받을 거라 생각하면 오산이다. 내가 확신하기만 한다면 어디를 가든 크게 문제될 것이 없다. 나를 이해하지 못하는 친구들에게 굳이 이해받기를 바라지도 않으면서 난 그들이 주는 고별주를 홀짝홀짝 들이켰다. '이 길을 떠나 돌아오면 난 한 뼘 더 성장해 있을 것이다', '통속적인 너희들과는 차원이 다른 사람이 되어 돌아오리라' 자신하면서 말이다. 하지만 난생처음 떠나는 여행이 날 어떤 사람으로 만들어 줄지, 누가 더 나은 사람이 될지는 떠나봐야 알 일이었다.

처음 만난 사람들과 인사하고, 또 친해져야 하는 과정이 어린 나에게는 그리 힘들지 않았다. 사람들 상대하기가 귀찮아 동호회 하나도 좀처럼 가입하지 않으려는 현재의 나와 비교하면 그때의 난 참 어렸다. 아무래도 어리고 젊을수록 사람에 대한 선입견과 편견은 적을 수밖에 없다. 지금에야 사람과의 관계가 피곤함을 불러온다 느끼고 있지만, 그때만 하더라도 대인관계라는 것은 풍부하면 풍부할수록 좋은 것으로 생각했다. 당시 우리 패키지 여행은 총 열다섯 명으로 구성되었는데, 여행 초반에는 이렇게 많은 사람들과 어울릴 수 있다는 사실에 순진하게도 즐겁기만 했다.

하지만 당연하게도 모임의 사이즈가 크면 그 안에서도 마음 맞는 사람들끼리만 어울리게 된다. 곧 관심과 흥미가 비슷한 사람들끼리 쪼개지게 되었고, 어쩌면 그게 더 나은 일이었다. 어차피 그 많은 사람이 모두 하나의 단위로 움직이기는 힘든 일이기 때문이다. 나 역시 나처럼 돌아다니는 것을 좋아하고, 체력이 좋고 음주가무를 사랑하는 일행 몇몇과 어울리게 되었다. 그때 느낀 것이지만, 난 동생들보다는 형들과 어울리는 것이 편했다. 집에서 막내이기 때문일까. 동생들을 챙기는 것보다는 형들에게 치대는 게 편하다. 이렇게 가족이란 자질구레한 부분까지도 평생 영향을 주기 마련이다. 전공의 때도 후배들보다는 선배들과 더 사이가 좋았던 것을 보면, 역시 사람 어디 안 간다. 마음이 맞지 않는 타인들에게 맞춰주는 것보다는 내 스타일과 잘 맞는 소수의 사람들과 같이 움직이는 것이 당연히 더 나았다.

의과대학 3학년 때 처음 실습을 돌았던 곳이 성형외과였는데, 희한하게도 그때의 수술과 교수님들의 말씀, 병동의 공기가 아직도 기억에 생생하다. 벌써 20년이 넘는 세월에도 불구하고 그렇게 생생히 기억이 나는 것은 아마도 그게 병원에서의 내 첫 경험이라 그럴 것이다. 정신과 의사로서 처음 경험한 폐쇄병동, 주치의를 맡은 첫 환자. 이렇게 처음이라는 것은 그것이 특별하든 흔하든 강한 기억으로 남는다. 내가 25년이 넘은 당시의 유럽 배낭여행 스케줄을 아직도 코스 그대로 기억하고 있는 것은, 그것이 내 첫 여행의 경험이었기 때문이리라. 그때 그 성형외과 교수님 말씀처럼 당시의 수술은 나에게 'edged by memory' 즉, 기억에 강렬하게 각인되어 있다. 그 공기와 냄새는 다 나에게는 처음이었어서 지금도 쉽사리 잊을 수 없다. 그때 같은 실습조였던 친구 두 명이 그 기억으로 성형외과 의사가 되어 압구정에 있으니, 처음이라는 건 그만큼 강렬하다.

유럽에서는 보이는 것들 모두가 내 지적 허영심을 만족시키기에 충분했다. 마음이 충족되니 몸이 힘든 게 느껴지지 않을 정도였다. 당시에 하루에만 15~20킬로미터 정도 걸어 다닌 것 같은데, 전혀 힘든 느낌을 받을 수 없었다. 마음이 업 되니 몸의 피곤함을 인지하지 못했던 것이다. '몸은 피곤해도 마음은 즐겁다'는 게 얼마나 중요한 것인지를 알 수 있었다. 하지만 반대인 사람도 많았다. 보이는 것이 다 그저 그런 것 같고, 너무 피곤하고 힘들어서 움직이지 못하는 사람도 생겼다. 하지만 난 그런 게으른 생각이 조금이라도 들면 마음속으로 억누르기 바빴다. '이런 생각으로 여행을 낭비할 수 없어!'

첫 여행을 잊는 사람은 없다: 유럽 배낭여행

매일 15~20킬로미터를 걸어 다니면서도 전혀 힘들다는 생각을 하지 못했다. 마음이 너무 즐거워서, 몸의 피곤을 인지하지 못했던 것이다.

마음속 게으름이 피어오르는 것을 철저히 차단하려 했다.

하지만 가끔은 몸이 마음을 지배하기도 한다. 반복되는 야간기차에서의 수면과 부족한 영양 상태는 충만한 내 마음을 점점 마모시키고 있었다. 공연히 짜증도 나고, 훌륭한 것들이 그다지 훌륭하지 않게 보이기 시작했다. 프랑스에서는 그러한 리듬의 저하가 최고조에 다다랐다. 그 훌륭한 에펠탑과 개선문이 별것 아닌 것으로 보였다. 에펠탑은 첨성대와 뭐가 다를까 싶었고, 개선문은 남대문이나 별반 차이가 없었다. 우울증 치료가 되려면 일단 잘 자고 잘 먹는 것이 전제라는 것을 그때부터 배웠다. 적당한 수면과 좋은 식사가 여행의 필수품이라는 것을 비싼 수업료를 치르고 배운 셈이었다.

몸이 피곤해지자, 그 훌륭한 에펠탑과 개선문이 별
것 아닌 것으로 보였다. 우울증 치료가 되려면 일단
잘 자고 잘 먹어야 한다는 것을 그때 배웠다.

첫 여행을 잊는 사람은 없다: 유럽 배낭여행

여행이 길어지며 소그룹으로 쪼개진 사람들 사이에서 트러블도 생겨났다. 따지고 보면 그때 배낭여행에서 배운 가장 큰 교훈 중 하나는, 사람들이 모두 원만하게만 지낼 수는 없다는 점이었다. 피 한 방울 안 섞인 사람들이 근 20일을 같이 먹고 마시며 지내는 경험이 처음이었으니 당연히 그럴 만했다. 다들 같은 열차 칸에서 고생하고 같은 숙소에서 부대끼다 보니 가급적 거리를 두고 지내려 해도 소소하게 부딪치는 일은 필연적이었다. 때로는 서로 얼굴 붉히면서 싸우기도 했다. 나도 누군가의 편을 들면서, 다른 누군가를 험담하며 남들처럼 그렇게 지냈다. 남을 공격하는 것은 내 편들과 더 가까워지기 위함이라고 했던가. 어찌 보면 그런 경험 덕분에, 직장이나 학교에서 편 가르기 때문에 힘들어하는 환자들의 호소에 더 잘 공감하는 것인지도 모르겠다.

어찌 되었건 마지막 여행지인 영국 런던에서는 런던탑(Tower of London)이나 타워 브릿지(Tower Bridge)의 야경이 그렇게 대단하고 예뻐 보일 수가 없었다. 프랑스와는 딴판이었다. '이제 마지막이다, 여기가 끝이다'라는 생각들이 다시 여행에 집중하게 했고, 처져 있던 에너지를 끌어올렸기 때문이지 않을까 싶다. 떠나기 전날 밤에 타워 브리지 앞에서 찍은 우리의 단체사진을 지금 다시 보니 다들 너무 환하게 웃고 있다. 다들 아팠던 지난 시간은 잊고 좋은 기억만 가져가자는

'이제 마지막이다. 여기가 끝이다'라는 생각에 다시 여행에 집중할 수 있었다. 떠나기 전날 밤에 타워 브리지 앞에서 우리는 모두 환하게 웃었다.

생각이었나 보다. 각자의 인생을 여행하는 시간을 앞두고, 이제 스스로 어디로든 가볼 수 있을 것이라는 설렘의 웃음이 아니었을까.

다들 한번은 보고 싶다. 어디서 뭘 하고 있을지.

다들 잘 살고 있을지.

첫 여행을 잊는 사람은 없다: 유럽 배낭여행

당신에겐 꼭 이뤄야 하는 일이 있습니까?

¶저는 살면서 뭔가를 절실히 원하거나 해보고 싶어 한 적이 별로 없어요. 내가 욕심이 없는 건가 싶었지만 또 그런 것만은 아닌 것 같아요. 남들에겐 버킷 리스트 같은 것이 있다는데 저는 왜 하고 싶은 게 없는 걸까요? 어떤 것에도 흥미를 가질 수 없는 것은 왜일까요? 어릴 때부터 그랬던 걸 보면 이게 제 성격 같기도 한데, 정말 성격 문제인지 다른 문제가 있는 건지 잘 모르겠어요.

여행을 떠나기 전 친구들과 진탕 소주를 마시던 자리에서 (나중에는 물론 필름이 끊겼지만), 한 친구가 나에게 했던 얘기가 기억난다.

"그래도 너는 뭔가 절실히 하고 싶은 게 있네. 난 왜 그런 게 없지?"

'죽기 전에 꼭 하고 싶은 일이 있나요?'라는 질문. 사실 요즘 사람들은 너무 바쁘게 살다 보니 이런 생각을 할 여유도 없고, 어쩌면 사치인 것처럼 느껴진다.

"지금은 잘 모르겠지만 돈도 좀 벌고 여유가 생기면 그때 한번 생각해 보지요."

이런 대답이 너무 당연한 듯 여겨진다. 병원에서도 이런 사례들을 많이 본다. 우울증 환자들은 당연히 뭔가 하고 싶은 것도 없고 목표도 없다. 하루하루 버텨나가는 것도 버거운데 내일을 생각할 틈이 있으랴.

그런데 흥미로운 일이 벌어지기도 한다. 우울한 이 사람들이 점점 호전되면서 뭔가 하고 싶은 것들이 생겨난다. 어떤 사람들은 갑자기 외국어 학원을 등록하기도 하고, 헬스장을 등록하기도 한다. 갑자기 집 밖에 나가더니 한 시간 두 시간씩 산책을 한다. 집 밖에 나가는 것 자체를 귀찮아하던 사람이 말이다.

"원장님, 움직이니까 기분이 좋아졌어요. 갑자기 영어를 배우고 싶어졌고요. 운동하고 나면 기분이 훨씬 좋아지는 것 같아요."

당장의 계획을 세우기도 하고, 1~2년 후의 계획까지 세우기도 한다. 대학에 들어가겠다고, 기술을 배우겠다는 얘기도 한다. 그럴 때면 난 그분들을 격려하면서 초심을 잃지 않도록 당부한다. 활동과 학습, 계획은 사람의 기분을 끌어올린다. 악순환의 사이클이 선순환의 사이클로 바뀐다. 좋아지면서 더 움직이고, 움직일수록 더 좋아지게 된다.

그런데 정말 운동을 하고 공부를 했기 때문에 우울감이 개선된 것일까. 난 반대라고 본다. 이 사람들은 '좋아져서 움직이게 된' 것이지 '움직여서 좋아진' 것은 아니다. 닭이 먼저냐 달걀이 먼저냐는 것과 같은 질문인데, 어쨌든 '기분이 나아져서' 움직이게 되었다는 게 맞을 것이다. 사람들은 내가 이전과 달리 활동을 하게 되고 움직이게 되었다는 것은 쉽게 인지하지만, 그 이전에 벌어진 기분의 호전은 그만큼 인지하지 못한다. 기껏해야 "기분도 좀 나아진 것 같아요."라고 표현하는 정도이다. 그럴 때마다 난 "기분이 나아졌기 때문에 고갈된 에너지가 충전된 것입니다. 그 충전된 상태를 다시 느끼고 싶기 때문에 자꾸 뭔가를 하고 싶어지는 겁니다." 얘기하며 그 사람의 호전을 같이 축하해 준다.

사람들은 처음 병원을 찾을 때 이런 얘기들을 한다.

"이 자리에 오기까지 오랜 시간이 걸렸어요. 사실 지금도 두려워요. 또 믿어지지 않기도 해요. 내가 좋아질 수 있을까요? 나를 우울하게 만드는 문제는 그대로인데, 문제가 해결되지 않는다면 어떻게 내가 좋아질 수 있죠?"

사실 문제가 해결되면 병원에 올 필요가 없다. 당신을 괴롭히던 직장의 문제, 가정의 문제, 경제적 문제 및 신체적 문제가 해결되면 당신의 우울함은 자연히 사라질 것이다. 대부분의 사람들은 문제가 해결되지 않아서 치료실을 찾는다. 문제가 고스란히 남아 있다고 내가 지금처럼 계속 우울하고 불안하게 살 수는 없지 않겠는가. 치료라는 것은 문제가 해결되지 않더라도 덜 우울하고 덜 불안하게 도와주는 행위다. 여전히 힘들고 우울하겠지만 그래도 직장 생활에, 가정 생활에 지장을 덜 주기 위한 노력이다. 도파민이나 세로토닌 같은 뇌의 신경전달물질들을 더 균형 잡히게 만들면서 이런 변화들이 가능해진다. 호전되는 환자들은 내 문제가 아직은 그대로이지만 뭔가 잠도 예전보다는 잘 자고, 잘 먹고, 예전보다 덜 고민하게 됨을 느끼게 된다.

"어차피 생각해 봤자 머리만 아프니 일단 나중에 생각하고 지금은 지금 일에 집중하려 노력하고 있어요." 얘기한다. 이런 변화는 가르쳐야 나오는 것이 아니다. 기분이 좋아지면 알아서 그렇게 생각하게 된다. 내 기분이 처져 있을 때는 남들이 아무리 얘기해도 들어오지 않던 조언들이 기분이 좋아지면 누가 말해주지 않아도 알아서 습득되는 것이다.

이렇게 따지고 보면, "긍정적으로 생각하세요."라는 말처럼 쓸데없는 말이 없다. 긍정적으로 생각할 기분 상태가 되어야 긍정적으로 생각할 게 아니겠는가? 주식으로 전 재산을 잃었는데, 어머니가 갑자기 사고가 나 수술 후 중환자실에 들어갔는데 긍정적으로 생각하라는 남들의 얘기가 귀에 들어나 오겠는가. 물론 뭐라도 위로의 말을 해야 하는 타인으로서는 가장 안정적인 레퍼토리를 건네는 것이겠지만, 듣는 사람은 한 귀로 듣고 한 귀로 홀릴 수밖에 없다. 나 자신이 힘들고 어려웠던 상황에서 긍정적인 생각이 가능했었던가 되뇌어 보자. 우울한 사람은 우울한 생각밖에 할 수가 없다. 마치 선

우울한 사람은 우울한 생각밖에 할 수가 없다. 마치 선글라스를 씌우고 "저 햇빛 좀 보세요, 아름답지 않나요?" 얘기하는 사람들과 마찬가지다.

글라스를 씌우고 "저 햇빛 좀 보세요. 아름답지 않나요?" 얘기하는 사람들과 마찬가지다. 선글라스를 쓰고 있는 나는 세상을 어둡게 볼 수밖에 없는데 말이다.

우리가 치료를 하는 이유는 이 때문이다. 긍정적인 생각을 하는 데는 긍정적인 기분 상태가 요구된다. 우리는 '감정'을 치료해야 하는 것이다. 덜 불안하고 덜 우울하면 더 긍정적인 생각을 만들어낼 수 있는 기틀이 갖추어진다. 치료에 잘 반응하면 기분이 이유 없이 좋아지는 사람들도 있지만, 결국 치료의 목표는 '덜 우울하고 덜 불안한' 상태를 만드는 것이다. 부정적인 감정이라는 자갈들을 최대한 걷어내어 긍정적 생각이라는 씨앗이 내 토양에서 자랄 수 있도록 만드는 것이다. 그렇기 때문에 힘들어하는 사람에게 "긍정적으로 좋게 생각하세요."라는 얘기보다는 차라리 "나가서 걸어요. 영화를 보세요. 게임을 하시거나요." 건네는 게 더 나을 수 있다. 긍정적으로 생각하려면 긍정적인 기분부터 만들어야 하니까.

어떤 사람의 기분이 나아진다는 것은, 그 사람의 에너지가 더 생긴다는 뜻이다. 우울하고 불안할 때의 우리는 마치 배터리가 10~20퍼센트밖에 남지 않은 휴대전화와 비슷한 상황이 된다. 하루를 살아내야 하는데 에너지가 15퍼센트밖에 없다면 어떻게 하겠는가? 잦은 검색이나 인터넷 사용은 꿈도 못 꾸고, 절전모드로 변경 후 꼭 필요한 통화 기능만 사용하려 할 것이다. 힘든 사람들도 그런 모습과 같다. 회사 일이나 아이들 돌보는 최소한의 에너지만 있으니, 무언가 다른 것을 할 엄두가 안 나는 것이다. 마치 꽉 짜버려서 물기가 거의 남아 있지 않은 수건 같은 모습이다. 이런 사람들은 휴대전화 사용을 하기 전에 충전해야 한다. 우리는 우리 스스로를 충전하기 위해서 치료를 받거나, 회사를 쉬거나, 휴식하는 것이다.

배터리가 70~80퍼센트 이상 충전되면 이제는 이 에너지를 가지고 다른 일들을 하는 데 어려움이 없다. 인터넷 검색도 맘대로 할 수 있고 게임이나 운전 중 내비게이션 사용도 더 자유롭다. 잉여의 에너지를 투입할 수 있는 구석이 더 많아지는 것이다. 사람도 마찬가지다. 에너지가 바닥난 상태에서 아무것도 못하던 사람이, 에너지가 충전되면서 여력이 생기기 시작한다. 남는 에너지를 무언가 다른 쪽으로 쏟고 싶어 한다. 누군가에게는 운동이, 누군가에게는 공부가, 누군가에게는 여행이 되기도 한다. 여행은 충전하기 위해 떠나는 것 아니냐고? 물론 여행은 충전이 되지만 여행도 에너지가 필요한 일이다. 준비하고 숙소 구하고 동선을 짜는 것도 일이니까. 아마도 뭔가 다른 일을 해낼 의욕이 생겼을 때, 내가 뭔가를 해서 좋아졌다고 느끼겠지만 사실은 그 무언가를 하기 위한 작업들이 백그라운드에서 계속 이루어졌기 때문이다. 행동과 그에 따른 성취감은 사람을 더 기분 좋게 만든다. 운동을 하러 가는 행위 자체는 힘들지만, 일단 운동을 하고 나면 더한 개운함과 성취감을 느끼지 않겠는가. 평소 못했던 것들을 다시 조금씩 할 수 있게 되고, 일상으로 돌아오고, 그러면서 더 적극적인 행위를 원하게 되는 이것이 바로 치료와 호전의 과정이다.

일단 걸을 때, 여행은 시작된다

서론이 길었다. 다시 버킷 리스트로 돌아와 보자. "당신은 인생에서 뭘 하고 싶은가요?" 이 질문에 대답하기 위해서는 여러 가지 경험들을 떠올릴 수 있어야 하고, 세상에서 벌어지는 많은 것들에 관심을 유지해야 하며, 무엇보다도 이것저것 많이 해보고 또 나중에도 많은 경험을 해볼 준비가 되어 있어야 한다. 세상에 대해서 호기심을 가지고 활기차며 열린 자세를 유지할 수 있어야 한다. 그러기 위해서 꼭 필요한 것이 무얼까?

지금까지 얘기했던 대로, 심리적 에너지이다. 내 마음이 어느 정도 원만한 상태를 유지하고 있어야 한다. 우리가 우리 스스로의 감정을 잘 간수해야 하는 중요한 이유가 이것이다. 하고 싶은 일이 없는가? 목표도 계획도 없는가? 세상에 대해 호기심이 생기지 않는가? 물론 먹고 살기 바빠 세상에 관심 주기 힘든 현실을 이해한다. 하지만 혹시 내가 그렇다면, 내가 별로 하고 싶은 게 없는 사람이라면 '내 기분은 과연 괜찮은 상태인가'를 한번 고민해 보면 좋겠다. 내가 생각하는 것보다 난 더 지쳐 있고 우울할 수 있다. 버킷 리스트가 없거나, 하고 싶은 게 없는 사람들을 모두 우울증으로 치부할 생각은 없다. 하지만 내 에너지가 부족해서 벌어지는 일이라면, 이것

하고 싶은 일이 없는가? 목표도 계획도 없는가? 세상에 대해 호기심이 생기지 않는가? 그렇다면 '내 기분은 과연 괜찮은 상태인가'를 한번 고민해 보면 좋겠다. 내가 생각하는 것보다 난 더 지쳐 있고 우울할 수 있다.

을 충전하는 것은 중요한 일이다. 여러 가지 취미생활이든 친구들과의 즐거운 시간이든 운동이든 무엇이든 해서 내 기분을 좀 더 끌어올릴 필요가 있다. 기분이 지금보다 더 나아지면 뭔가 하고 싶은 것들이 생겨날지 모를 일이다.

뭔가를 시작하기 전에는 이런저런 걱정을 하면서 망설이게 되는 것이 사실이다. 하지만 충분한 에너지가 생겼다면 '일단 해보는' 자세도 필요하다. 처음에는 걱정스럽고 익숙하지 않았던 일들이 나중에는 편해지고 즐거운 활동이 될 수 있다. 내 기분에 도움이 될 수 있다고 생각한다면 일단 해보는 자세가 필요하다. 머릿속에서만 그려온 세상과 실제 참여하는 세상은 다른 것이니 말이다. 자꾸 뛰어들어 이런저런 경험들을 하면서 내 세상의 데이터는 더 축적되고, 그 많은 데이터를 토대로 나의 욕구들이 점점 구체적으로 발현된다. 많이 돌아다녀 본 사람일수록 더 어디론가 가기를 원하고, 맛집도 많이 다녀본 사람일수록 음식에 대한 관심이 더 생기지 않겠는가.

여행은 그런 면에서 에너지를 축적하기에 아주 알맞은 대상이다. 우리는 충전하기 위해 여행을 떠날 수도 있으며, 경험하기 위해 여행을 선택할 수도 있다. 경험을 위한 여행이 충전이 되기도 하며, 그 반대가 되기도 한다. 여러 가지 익숙하지 않은 수많은 체험들은 내 도파민이 요구하는 호기심 욕구를 채워주며, 가슴 뭉클한 서정적 감상은 내 세로토닌을 자극하기도 한다. 새로움과 편안함을 동시에 느낄 수 있고, 일상에서 벗어나 남들 시선에서 자유로워지는 여행은 우리가 누릴 수 있는 가장 보편적인 에너지 충전 행위일 것이다. 종종 거창하고 험난한 여행을 버킷 리스트로 삼기도 하는데, 아무래도 더 멀리 떠나 일상에서 경험하기 어려운 여정을 체험한다면 여행에서 얻는 도파민과 세로토닌의 양은 그렇지 않을 때보다 더하면 더했지 덜하지는 않을 것 같다.

첫 여행을 잊는 사람은 없다: 유럽 배낭여행

처음 여행을 떠날 때의 간절한 바람이 지금 나에게는 남아 있지 않다. 간절함이 사라진 것 같기도 하다. 세상의 파도에 나 역시 많이 상처 입으면서 점점 지치고 에너지가 떨어진 이유가 아닐까 생각해 본다. 나 역시 내 마음을 더 끌어올리고 달래려 노력해야 함을 느낀다.

뭘 해볼까.

일단 나가서 좀 걸을까.

반짝이는 나도 초라한 나도 모두 '나'

: 이집트

피라미드와 침대벌레

반복되는 얘기지만 예나 지금이나 내겐 남들과는 좀 다르게 생각하려는 경향이 있다. '왜 꼭 그래야 하지?' 하는 질문을 품는 것이다. 좋게 보면 독창적인 거지만, 나쁘게 보면 삐딱한 거다. 여행지를 선택할 때도 이런 사고방식이 작동한다. 남들 다 가는 곳은 왠지 가기 싫은 것이다. 어디 남들 안 가본 데 없나? 흔하지 않은 데를 다녀와야 무용담을 더 자랑할 수 있을 것 같은 그런 얕은 심보 말이다. 유럽여행도 워낙 많이

'아침엔 네 발, 낮에는 두 발, 밤에는 세 발인 것은 무엇이냐' 오랜 수수께끼를 떠올리자, 진한 호기심이 밀려들며 당장이라도 떠나야 할 것 같은 의무감이 느껴졌다.

가고 괜한 동남아 휴양지는 싫어서 딱히 눈에 들어오는 곳이 없는 상황이었다.

마침 한 국적기 항공사에서 이집트 카이로 직항을 개설했다는 소식을 들었다. 갑자기 내 눈앞에 피라미드과 스핑크스의 이미지가 오버랩되어 지나갔다. 어릴 적 두려워하며 들었던 스핑크스의 수수께끼도 생각났다. '아침엔 네 발, 낮에는 두 발, 밤에는 세 발인 것은 무엇이냐' 하는 식의 그 질문 말이다. 갑자기 진한 호기심이 밀려들면서 떠나야 할 것 같은 의무감이 느껴졌다. 스핑크스의 전설을 내가 확인해 보리라 하는 마음에 이집트 여행을 결정했다. 내 흔하지 않은 여행지 리스트에 방점을 찍을 거라 생각했다.

결론부터 말하자면 지금도 이집트 여행은 내 여행 커리어의 자랑거리로 남아 있다. 살면서 이집트를 가본 사람이 얼마나 있을까. 나는 경험이 곧 재산인 사람, 남들이 경험하지 못한 흔하지 않은 것들에 대한 자부심으로 살아가는 속 좁은 사람이니까. 심지어 내가 다녀온 후 얼마 되지 않아 이집트에서 정치적 이슈로 폭동이 일어나 입국이 어려워지고 여행도 거의 금지되는 상황도 벌어졌다. 내가 묵었던 카이로의 타흐리르(Tahrir) 광장 앞이 깃발과 인파로 뒤덮인 모습을 TV로 보면서 마음이 한창 심란했었다. 한번 다녀왔다고 마치 내 자식처럼 그들이 잘 되기를 바라는 마음이 컸는데, 어수선한 모습에 내 마음도 같이 어수선해지는 것이었다. 다행히 지금은 많이 안정되어서 자유로운 여행이 가능해졌다. 이번에는 정치가 아니라 코로나19가 가로막아서 문제지만 말이다.

누군가가 말하기를 여행은 여행 책을 사고 정보를 얻고 숙소를 잡는 것에서부터 시작된다고 했다. 분명히 그것은 즐겁고 설레는 과정이다. 다만 정보가 너무 없으면 그것은 고행의 과정이 된다. 당시 이집트에 대한 정보는 너무나도 없었다. 준비하지 않고 최대한 즉흥적으로 길 떠나는 여행객들도 많지만, 불안이 많은 사람들에게는 그러한 즉흥적 행동은 패닉을 유발한다. 나도 내 불안이 얼마나 높은가를 잘 알고 있는 사람이었기에, 그 정도로 천하태평한 사람들을 가끔은 매우 부러워한다.

　여행지의 비위생과 불결함을 좀처럼 신경쓰지 않는 나에게조차 이집트는 견디기 힘든 곳이었다. 베드버그, 즉 침대벌레도 있고 아무튼 잠을 자기가 어려웠다. 숙소 앞 경적소리 때문에 밤새 귀를 막아야 할 형편이었다. 먹고 자는 것부터 제대로 해결이 안 되는 상황에서는 어떻게 마인드컨트롤을 해야 할까. 짜증은 많아지고 사소한 일에도 화가 났다. 이는 우울증세가 아니라 일반적인 사람의 일반적인 생리다. 마음의 평화는 올바른 의식주가 가능할 때 이뤄질 수 있을 것이다.

　뭐니 뭐니 해도 이집트는 피라미드다. 개인적으로 기자지구의 피라미드가 카이로 근교에 자리 잡고 있는 것이 놀라웠다. 난 저 멀리 도시에서 떨어진 사막 한가운데에 피라미드가 있을 걸로 생각했는데, 서울로 치면 하남이나 일산에 피라미드가 있는 느낌이다. 때로는 너무 과다하게 기대한 것이 막상 기대에 미치지 못한 것들도 많은데, 나에게는 피라미드가 그랬다. 그냥 교과서에 있는 그대로를 보는 느낌이랄까. 피라미드가 뭐 피라미드지 다를 것 있겠나. 하지만 너무나 과한 기대는 이렇게 후유증을 유발한다. 오히려 기대를 버리고 있을 때 행운이 찾아오는 경우가 많다. 막상 기다릴 때는 안 오던 전화가 다른 데 정신이 팔려 있을 때 온다. 우리가 정말 무언가를 바란다면 일단 과다한 기대를 내려놓는 것도 필요하지

반짝이는 나도 초라한 나도 모두 '나' : 이집트

카이로 박물관에는 유적이 정말 많다. 땅만 파면 유적이 나온다는 말이 실감날 정도였다.

않을까. 마음을 비운다는 것은 참 어려운 일이다.

카이로에 있는 이집트 박물관(Egyptian Museum)에는 유적이 정말 많다. 땅만 파면 유적이 나온다는 말이 실감날 정도였다. 그 유명한 투탕카멘(Tutankhamun)도 있고 말이다. 아는 사람은 알겠지만 이집트의 오벨리스크(Obelisk)는 파리에도 있고 로마에도 있고 암튼 전 세계 유명 도시에 퍼져 있다. 유적이 너무 많아서 남들에게 퍼주기까지 한 듯한 느낌을 받았다. "자, 이거 받고 우리랑 사이좋게 지내자." 한 듯한 느낌. 실제로 유적 관리가 잘 안 되어 도굴이나 약탈이 많았다고 하니 아쉬울 따름이다. 우리 유물도 해외에 많이 산재해 있다는데, 강한 국력이 필요한 이유다.

나일강 남쪽 지방 아부 심벨(Abu Simbel) 투어에서는 재미 있는 경험을 했다. 다양한 국가의 여행객들을 실은 미니버스 수십여 대가 새벽 3~4시 아스완에서 옹기종기 모여 아부 심 벨로 출발했다. 왜 이렇게 단체로 같이? 나중에 알고 보니 관 광객들에 대한 테러가 많아 경찰차가 단체로 모인 버스들을 경호하면서 투어를 진행하는 것이었다. 별의별 일이 다 있다. 경찰의 엄호를 받고 다니는 투어란 게 좋은 건지 나쁜 건지. 엄호 받는 투어라는 호사는 이집트가 아니라면 누릴 수 없는 일일지도 몰랐다.

어딜 가도 마주치는 람세스 2세, 어디서도 볼 수 있는 이집 트의 상형문자 등 온갖 경이로운 것들도 내가 그 내용을 모르 면 아무런 의미가 없다. 아는 만큼 보이는 법이다. 유명한 여 행지에 가면 보통 영어나 독일어, 스페인어, 가끔 중국어나 일본어 가이드 투어를 할 수도 있지만, 한국어 가이드는 거의 없다. 커진 국력을 쉽사리 실감하지 못하는 부분이기도 하다. 한글 사용국이 적은 한계 때문이기도 하겠다. BTS가 더 유명 해지고 문화적으로 번성하면 가능해질까.

로마나 이집트는 조상 덕분에 먹고 산다는 얘기를 들으면 서, 문득 우리는 어떤가 생각을 해보았다. 우리가 다른 나라 들보다 압도적으로 많은 문화유산을 가지고 있다는 생각이 들지는 않는다. 하지만 유형 유산이 아니라 무형의 유산이라면 얘기는 달라진다. 위기 때 잘 뭉치고, 남을 도우며 예를 갖추고, 점잖을 땐 점잖고 다혈질일 때는 다혈질인 기질도 일종의 무형 자산이다. 우리는 멋진 국민성과 기질을 조상으로부터 물려받은 것이다. 콜로세움(Colosseum)이나 피라미드처럼 으리으리한 건축유산은 아니지만, 마치 고기를 낚아주는 게 아니라 낚는 법을 가르쳐준 것처럼 조상이 물려준 현명한 유산 아닐까. 한국인에게 우울증이 많고 자살이 많은 것은 그러한 과다한 열정을 잘 다스리지 못하는 데서 오는 부작용이 아닐까 하는 생각도 든다.

나만 알고 싶은 맛집이 텔레비전에 나오면 뭔가 아쉬우면서 더는 알려지지 않았으면 하는 마음. 나에게 이집트는 그런 곳이다. 이집트를 떠나면서, '돌아갈 곳이 있기에 여행은 즐거운 것이다'라는 말이 떠올랐다. 이질적인 곳에 있으면 점점 익숙한 곳이 그리워지는 모양이다. 나에게 돌아갈 곳이 없다면 이렇게 낯선 곳에서 내 도파민을 충분히 자극시키면서 지낼 수 있을까. 도파민의 자극도 필요하지만 세로토닌의 안정감도 필요한 것이 인생 아니겠는가. 돌아갈 때는 항상 뭔가 아쉬우면서도 편안해진다.

Mama, I'm coming home.

위기 때 잘 뭉치고, 남을 도우며 예를 갖추고, 점잖을 땐 점잖고 다혈질일 때는 다혈질인 기질도 일종의 무형 자산이다. 우리는 멋진 국민성과 기질을 조상으로부터 물려받은 것이다.

선입견의 무쓸모

이집트는 흔하게 경험할 수 없는 여행지이기에 하고 싶은 이야기가 참 많았다. 종교에 대한, 역사에 대한, 맥주 한잔 구하기 힘든 엄격함에 대한. 하지만 그 중에서 내 기억에 가장 강하게 남아 있는 에피소드를 하나 소개하려 한다.

룩소르의 카르나크(karnak) 신전의 웅장함에 빠져 있던 그 날 오후, 정신없이 신전 안을 돌아다니다 별안간 내 숄더백이 없어진 것을 깨달았다. 생각해 보니 다리가 아파 잠시 계단에 걸터앉았을 때, 물 한 모금 마시느라 메고 있던 숄더백을 잠시 옆에 벗어 두었던 기억이 떠올랐다. 그 안에 여권, 현찰, 항공권이 다 있는데. 하필 도둑이 그렇게나 많다는 이 나라 관광지에서! 머릿속이 하얘지면서 얼굴이 파래진 채로 예의 그 계단으로 뛰었다. 그곳에서 총을 맨 무장경찰이 내 가방을 들고 이리저리 뒤지는 것을 볼 수 있었다. 난 최대한 공손하게 그 가방이 잃어버린 내 가방임을 설명했다. 여권 때문에 신분 확인은 쉽게 되었지만, 고액의 현찰 때문에 가방을 돌려 받기는 쉽지 않았다. 근처 경찰서로 동행했고, 이런저런 질문들에 대답해야 했다. 이집트 지방도시의 경찰에게 원만한 영어를 기대하는 것은 무리다. 하지만 원활한 의사소통이 되지 않음에도 불구하고 난 이 사람이 최대한 날 편하게 배려해 주려고

록소르의 카르나크 신전의 웅장함에 빠져 있던 그날 오후, 나는 가방을 도난 당할까 사색이 되어 뛰어다니다가, 예상치 못한 위로를 받았다. 여행이란 그런 것이었다.

애쓰는 것을 느낄 수 있었다. 흥분을 가라앉게 도와주고, 별일 없을 거라고 안심시키려 노력하는 느낌이었다. 결국 가방은 내 손에 들어왔고, 그 경찰은 마지막으로 절차상 필요한 몇 가지 사인을 요구하면서 나에게 몇 마디 얘기를 건넸는데, 내가 알아듣기로는 이런 말이었다.

"우리 이슬람인들은, 이집트 사람들은 다들 착하다. 남의 물건을 훔치는 것은 죄악이다. 우리는 다들 누군가를 도와주려고 한다. 다들 우리를 오해한다."

나 역시 이집트 여행을 떠나기 전 많은 선입견에 사로잡혀 있었다. 이곳은 위생상 더럽고, 사람들은 여행객을 등쳐먹으려 하며, 위험한 곳이라는 인상이었다. 9·11테러 이후 이슬람에 대한 편견이 더 심해진 시기였기에, 내 걱정은 더 했다. 하지만 적어도 내가 이집트 여행길에서 만난 사람들은 순박하고 착했으며, 고의로 날 속이려고도 하지 않았다. 영어가 안 되어도 몸짓발짓으로 먼 데서 온 동양의 여행자를 도와주려는 느낌이었다. 룩소르에서 가방을 분실할 뻔한 사건은 그러한 내 인상에 마침표를 찍는 경험이었다. 위생 상태가 좋지 않다거나 더럽다는 것은 그들도 어찌할 수 있는 부분들이 아니다. 하드웨어 사양은 비록 낮지만 소프트웨어는 나무랄 데 없이 훌륭하다는 느낌이었다.

계속 선입견을 가지고 살아갈 수도 있다. 저 사람이 나쁜 사람이라는 내 믿음이 맞는지 틀리는지는 모르지만, 아무튼 나한테 저 사람은 나쁜 사람이기에 별로 가까이하고 싶지 않은 것이다. 마주칠 일이 없으면 아무런 상관없다. 나도 이슬람 문화권에 올 일 없었다면 그 사람들에 대한 내 선입견이 수정될 일은 없었을 것이다. 하지만 난 이 땅에서 여러 가지 경험을 해봤고, 이제는 좋은 무슬림이 그만큼 많다는 사실도 알게 되었다. 내가 면밀히 말 섞어보고 어울리지 않는 이상 저 사람이 어떤 사람인지는 알 수 없는 것이다. 상대방에게 직접적인 손해를 끼치지 않는 이상 저 사람에 대해 내가 어찌 생각하든 그건 내 자유겠지만, 적어도 내 생각이 틀릴 수도 있다는 가능성은 항상 열어 두어야 한다. 경직된 사고는 경직된 행동을 유발할 뿐이고, 그건 나에게도 좋은 일이 아니다. 사람은 누구나 좋은 면과 나쁜 면을 동시에 가지고 있으며, 상대방도 나에 대해서 똑같이 이같은 고려를 할 수밖에 없다. 나에게도 동전의 양면과 같은 이중성이 있는데, 상대방의 한쪽 면만 보는 것은 곤란한 일이다.

좀 이기적으로 사세요

¶ "남들에게 최대한 피해 안 주려고 조심스럽게 살아왔어요. 그러다 보니 조금이라도 내 주장을 하면 저 사람들이 날 싫어하고 날 떠날 것 같죠. 다들 나에게 착하다, 순하다고 해요. 하지만 내 속은 타들어 가고 있죠. 항상 남들에게 맞춰주는데 정작 그 사람들은 나에게 그렇지 않아요. 왜 내가 항상 이렇게 손해 보며 살아야 하나 생각이 들어요."

그 경찰이 이야기한 다른 문장도 생각해 보았다. "우리는 다들 착하고 선하다."는 이야기 말이다. 잃어버린 물건을 찾아주거나, 길 잃은 아이를 돌봐주는 행위는 사람이 선하기에 가능한 일이다. 우리는 당연히 사람은 선해야 하며, 선한 사람들이 많은 세상이 좋은 세상일 거라 믿는다. 그런데 선하다는 게 남을 위해서가 아니라 나에 대해서는 어떠한 의미를 가질까. 내가 선한 사람이라는 게 나에게도 좋은 일일까. 당신은 어떠한가. 당신은 스스로를 착하다고 생각하는가, 이기적이고 못됐다고 생각하는가. 혹 당신이 착한 사람이라면, 그게 당신의 인생에 얼마나 도움이 되는 것 같은가. 착해서 유익한가, 아님 착해서 더 손해를 보는가.

흥부놀부 이야기를 떠올려 보자. 우리가 어려서부터 듣고 배우는 많은 이야기들은 대체로 '권선징악'을 다룬다. 착하면 복을 받고 나쁘면 벌을 받는다는 내용이다. 자연스럽게 다들 착하게 살아야 하는 것으로 믿는다. 선하게 살면 나중에 보상받을 거라 생각하며, 못되게 살면 언젠가는 탈이 날 것으로 믿는다. 어른들은 다들 착하게 살라고 얘기하지, 못되게 살라고 하지 않는다. 도덕적인 관념이나 종교적 관념에서 본다면 맞는 얘기인지 모르겠다. 선하게 살아야 천국에 가고, 좋은 일을 해야 더 나은 신분으로 태어난다는 많은 종교적 믿음이 이를 뒷받침한다.

하지만 요즘은 어떠한가. 흥부는 무능하고 놀부는 경제적 독립을 이룬 유능한 존재라는 시각이 있다. 약삭빠르게 자신의 권리와 이득을 챙기는 것이 더 맞지 않냐는 이야기이다. 착하기만 해서는 부자가 될 수 없다. 쟁취할 것은 쟁취하고

반짝이는 나도 초라한 나도 모두 '나': 이집트

주장할 것은 주장해서 그 자리에 오르는 것이다. 때로는 가혹할 만큼 남들을 다그치거나 몰아붙일 때도 있어야 한다. 사회적으로 성공한 사람들이 때로는 좋지 못한 평판을 받는 것을 보면 '선함'과 '성취'는 비례하지 않는다는 것을 알 수 있다.

선하다는 게 심리적으로는 어떤 영향을 줄까. 많은 선하고 착한 사람들은 조금이라도 남에게 피해를 끼치지 않으려 하며, 날 희생해서라도 남을 만족시키려는 모습을 보인다. 남을 만족시킨다고 해도 정작 본인이 얻는 것은 하나 없는데, 이를 당연한 의무로 여긴다. 당연히 내 주장도 잘 못하며, 내 괜한 얘기로 상대방이 상처받을까 걱정한다. 나의 발언을 최대한 억제하면서 상대방의 안녕을 살핀다. 가족 내에서만 벌어지는 얘기가 아니다. 부모가 자식을 위해 이러한 희생을 보이는 것은 당연한 일이다. 이렇게 지극히 선하고 착한 사람들은 가족뿐만 아니라 자신을 둘러싼 모든 사람들에게 이런 모습을 보여서 문제가 된다.

이런 분들과 면담을 하게 되면 내가 자주 묻는 질문이 있다.

"그런데 그럴 때는 화가 안 나세요? 나 같으면 화날 것 같은데."

이렇게 지극히 선하고 착한 사람들의 흔한 공통점 중 하나는 남들의 감정을 배려하면서 정작 나 자신의 감정은 잘 못 느낀다는 점이다. 특히나 섭섭함, 화 같은 부정적 감정들에 대해서 매우 둔감하다. 남들이 화날까 봐 눈치를 살피면서 정작 스스로의 화는 인지하지 못한다. 어떤 사람은 살면서 화라는 감정을 잘 느껴보지 못했단다. 그게 무슨 감정인지도 모르겠다고 한다. 지나친 배려로 자신의 권리마저 침해 당한 상황에서도 화라는 감정이 느껴지지 않는다고 한다. 내가 남에게 화를 내는 것이 마치 큰 죄악인 것처럼 느껴지고, 그러면 안 될 것 같다고 말한다. 이게 과연 좋은 일인 걸까?

불안이라는 감정은 때로는 우릴 지켜내는 도구가 된다. 초원에서 풀을 뜯는 사슴 한 마리를 떠올려 보자. 이 사슴이 천하태평하게 풀이나 뜯고 있으면 갑자기 다가오는 표범의 공격을 막아낼 수 있을까. 항상 긴장하고 어느 정도는 불안해하면서 주변을 두리번거려야 맹수의 공격을 막아낼 수 있다. 다가올 겨울을 염려하는 개미가 겨울 걱정이 전혀 없는 베짱이보다 열심히 일해서 식량을 비축해 놓는 것과 비슷한 일이다. 우린 불안이라는 감정을 불필요한 부정적인 감정으로 간주하지만, 때론 불안이 날 지키고 생존하게 만드는 무기임을 알 수 있다.

화도 마찬가지다. 우울하고 불안한 사람들은 세상의 공격으로부터 나를 제대로 지켜내지 못하는 사람들이다. 내 주변에 울타리나 보호막을 쳐놓고, 담을 넘어오려는 사람들로부터 나를 지켜내야 한다. 부당하게 날 대하거나, 나의 권리를

화라는 감정은 바로 내 울타리를 누가 넘어오고 있다는 반증이다. 허락도 없이 울타리를 넘어온 그 사람에게 화라는 감정이 생겨야 정당한 내 주장을 할 수 있다.

인정하지 않고 날 존중하지 않는 사람들에 대한 정당한 항의가 필요하다. 화라는 감정은 바로 내 울타리를 누가 넘어오고 있다는 반증이다. 허락도 없이 울타리를 넘어온 그 사람에게 화라는 감정이 생겨야 정당한 내 주장을 할 수 있다. 반대로 내가 화를 느끼지 못한다고 생각해보자. 내 울타리가 침범당한 것을 어찌 알 것인가. 조심스럽게 일단 담장을 넘어와 본 그 사람은, 당신이 화를 내지 않고 별 주장도 안 하는 것을 확인한 후 더 마음 놓고 당신의 구역을 침범할 것이다. 결국에는 울타리 안 잔디밭이 폐허가 되는 것을 막을 수 없다. 처음에는 조심스러웠지만 이제는 거리낌 없이 당신의 구역을 침범한다. 마치 그게 당연한 권리라 여기면서.

이렇기 때문에 우리가 우리 스스로를 지켜내기 위해서는 무작정 착해서만은 곤란하다. 화를 느끼는 연습을 해야 한다. 무작정 욱하거나 소리 지르자는 것이 아니다. 존중받을 권리를 침해당했을 때 느껴야 할 정당한 화를 말하는 거다. 내 주장을 하기 위해서는 일단 내 감정을 똑바로 쳐다볼 필요가 있다. 화를 느끼면 그것을 표현해야 한다. 정당한 말투와 논리적 문장으로 표현하면 좋다. 때론 막무가내 고함과 행동보단 논리적 문장이 더 설득력을 발휘하는 법이다. 화가 나면 내가 화가 난다고 있는 그대로 표현해 줄 필요가 있다. 언어로 점잖게 왜 화가 나는지 감정을 표출하면서 울타리가 침해당했음을 설명해 준다. 상대방도 짐짓 놀라며, 움찔거리게 된다.

나의 이런 변화가 계속되면 아마 나에 대한 평가가 달라질지 모른다. '저 사람 왠지 모르게 까칠해졌다'거나 '무서워졌다'면서 말이다. 사람들이 나를 더 경계할지도 모른다. 하지만 나에게 별 도움도 되지 않는 일에 막무가내로 선하게 굴기보다는 차라리 다소 까칠해지는 편이 낫다. 까칠해지면 내가 편하다. 그리고 사람 쉽게 안 바뀐다. 당신이 조금 까칠해진다 하더라도 당신의 사람 좋음은 어디 안 간다는 이야기다. 여전히 당신은 좋은 사람이지만 정당한 자신의 권리를 주장할 수 있는 좋은 사람이다. 그렇게 되면 나도 좋고 상대에게도 더 좋은 일이다. 적절히 화를 표출하는 법, 내 주장을 하는 법을 배워가야 한다. 세상의 중심은 나인데, 내가 힘들고 남이 편안한들 무슨 소용이 있으랴.

"이기적으로 사세요."

오늘도 내 진료실에서 흘러나오는 이야기다.

03

내가 너를 바꿀 수 없다는 것을 인정하는 법

: 터키

'형제의 나라'에서 만난 환대와 사기 그 어디쯤

　레지던트 시절 나의 은사이자 스승이셨던 이시형 박사님은, 정년퇴임을 하신 후에도 주 1회 병원 컨퍼런스에 참석하셨다. 처음 의국에 들어갔을 때 박사님을 뵌 게 상당히 신선한 경험이었는데, 그도 그럴 것이 TV에서 보던 유명한 분이 내 앞에서 강의를 해주시는 것이 여간 영광스러운 게 아니었다. 박사님은 여전한 열정으로 토론하셨고, 때로는 단호하게 때로는 부드럽게 청중을 흔들어 놓으셨다. 레지던트 4년 동

안 거의 일주일에 한 번씩 뵈었으니, 난 매우 운 좋은 사람이
지 않을까 한다.

　박사님은 컨퍼런스 때 터키 얘기를 자주 하셨다. 지금은
잘 기억나지 않지만 아마도 '터키 사절단'인가 하는 직함을
지니셨던 것으로 기억한다. 암튼 박사님은 교육 중 터키 얘기
를 종종 하셨고 실제로 터키를 자주 방문하셨다. 의예과 때
배낭여행 다녀온 후로는 별다른 여행을 가보지 못하고 있던
레지던트 상황이라, 박사님의 터키 얘기를 들으면서 슬며시
몸이 달아오르고 호기심이 느껴지는 것을 감지할 수 있었다.
박사님은 주로 터키 사람들이 얼마나 친절한지, 형제의 나라
에 대해서 얼마나 호감을 가지고 있는지에 대해서 얘기해 주
셨는데 나도 왠지 거기에 가면 그런 환영을 받을 수 있지 않
을까 생각되었다. 흔한 여행지보다는 남다른 것 같아 더 끌리
는 것도 있었다. 2002년 월드컵, 내가 레지던트 1년 차 때 터
키와의 3·4위전이 있었던 것도 터키에 대한 내 호기심을 자
극했던 것 같다. 남들이 축구를 볼 때 난 저기에 가야지 생각
했던 것이다. 그래서 레지던트 여름휴가를 이용해, 결국 터키
로 출발했다.

　여행지에 대해 타인의 이야기를 들으면 우리는 그 이야기
를 가지고 머릿속에 어떠한 풍경을 그리게 된다. 여행은 그러
한 나의 상상과 실제를 맞춰가는 작업이라 생각한다. 내가 그

내가 너를 바꿀 수 없다는 것을 인정하는 법 : 터키

여행은 나의 상상과 실제를 맞춰가는 작업이라 생각한다. 내가 그렸던 그 마을을 실제로 마주했을 때의 느낌, 이 결합이 없는 여행은 심심하다.

렸던 그 마을을 실제로 마주했을 때의 느낌은 어떠한지, 그 음식은 내 혀에서 상상한 그 음식이 맞는지, 그 사람들은 내가 상상한 그 사람들과 같은지… 상상이 없는 여행은 심심하다. 당시 터키는 별다른 여행 정보도 없던 곳이라 이런 상상을 하기에는 더없이 좋았다. 요즘처럼 수많은 블로그나 책에서 그 풍경을 미리 봐버리면, 그건 더 이상 상상이 아닌 사실이 되는 것이니까.

〈스타워즈〉 촬영지 카파도키아(Cappadocia)에서 묵었던 동굴호텔의 관리인인 한국 직원이 생각난다. 이곳저곳을 여행하다가 카파도키아의 별과 자연에 빠져 잠시 걸음을 멈추고 일하는 중이라고 했다. 이렇게 인생 경로를 멈추고 낯선 마을에 정착한 사람들은 대관절 어떤 사람들일까? 상상이 잘 되지 않았다. 모든 것 다 버리고 길을 떠나는 사람들, 직장을 그만두고 2~3년의 세계여행을 떠나는 사람들은 내 보편적인 머리로는 평가하기 힘든 사람들이다.

솔직하게는 그 사람들이 여행을 떠나는 것 자체보다 그 사람들의 '결단력'이 부럽다. 쉽지 않은 결정들을 쉽게 내릴 수 있는 결단력. 그들은 '후회하지 않는다', '현실에 만족한다' 얘기한다. 과연 그럴까? 그 사람들의 머릿속에 들어가지 않는 이상 어찌 알 수 없는 일이다. 하지만 가끔 후회나 한숨이 밀려와도 힘들게 내린 내 결정이 옳은 것이어야 하기에, 후회로 과거를 돌이키고 싶지 않기에, 그 사람들도 나름 자신의 인생을 합리화하려 애쓰고 있을 것이다. 나쁜 것이 아니다. 우리에겐 모두 그런 합리화 작업이 필요하다. 내 인생의 결정이 옳다는 믿음, 그 믿음을 갖지 못해서 우리가 우울하고 힘든 것이니까. 흔하지 않은 결정을 내리는 사람들은 모르긴 해도 자기 인생에 대한 긍정적 합리화를 열심히 하는 사람들일 가능성이 높다. 그런 노력들도 부러울 따름이다.

여행은 한편으로는 다른 사람들을 만나는 과정이라고 볼 수 있는데, 이게 재미있기도 하고 고역이 되기도 한다. 언급한 대로 나는 여행지에서 위생 상태 같은 것들에 크게 영향받는 타입은 아니다. 나도 풍족하지 못한 어린 시절을 보냈기에, 풍부하고 깔끔한 것은 '있으면 좋지만 없으면 어쩔 수 없는' 정도라 생각한다. 물론 병을 옮길 정도로 심각한 위생 상태라면 문제가 되겠지만, 숙소의 불결함이나 이동의 불편함 또한 여행의 한 과정이라 생각하고 넘어가는 편이다. 그러니 동행자가 그러한 것으로 짜증을 내는 것을 잘 받아들이지 못한다. 터키에서는 도시와 도시 사이 이동을 주로 야간버스로 했는데, 우리나라 같으면 평균 6~7시간이면 갈 거리를 반날 이상 가는 것이었다. 가면서 기사가 차 세우고 자기도 하고, 휴게소에서 세차도 하고, 동료들과 환담도 나누고 하면서 말이다. 그때는 그게 게으름이라 생각해 잘 받아들이기 힘들었다. 물론 지금은 그것도 문화의 한 부분으로 이해는 하지만.

터키는 내 생각보다 훨씬 서구화가 많이 이뤄진 나라였다. 이슬람 문화권이지만 맥주를 쉽게 구할 수 있었으며, 히잡을 쓴 여인들도 그렇게 많지 않았고, 여행객들도 쉽게 볼 수 있었다. 하루에 수차례 울려 퍼지는 기도 방송을 들으며 종교의 의미에 대해서도 생각했다. 사람들을 하나로 만들어 준다는 점에서, 종교란 참 대단하면서도 무섭다는 생각을 했다. 나에게 있어 이스탄불 사원의 기도문 낭송 방송은 마치 여행의 OST와 다를 것이 없었다. 믿을 것이 있다는 것, 기댈 것이 있다는 것은 사람의 마음에 안정감을 준다. 인간이 어느 순간 늙고 병든 부모님에게 기댈 수 없어지기 때문에, 종교라는 다른 믿음을 찾는 건지도 모르겠다. 기댈 곳이 있어야 마음이 편해지는 것은 열 살이든 여든 살이든 똑같다.

믿을 것이 있다는 것, 기댈 것이 있다는 것은 사람의 마음에 안정감을 준다. 기댈 곳이 있어야 마음이 편해지는 것은 열 살이든 여든 살이든 똑같다.

어쨌든 형제의 나라 사람들은 대체로 날 환대해 주었다. 사람들은 친절하고 여유가 있었다. 하지만 어디에나 나쁜 사람은 있다. 살면서 택시 사기를 처음 당해본 곳도 이스탄불이었고, 두 눈 똑바로 뜨고서 코 베일 뻔했던 위기도 여럿 있었다. 다른 나라도 마찬가지겠지만 대체로 도시보다는 시골 사람들이 더 친절한 것 같은데, 터키도 마찬가지인 것 같았다. 카파도키아 사람들은 너무 친절했으며, 지중해 사람들은 상업적 친절함을 보였고, 이스탄불 사람들은 좋은 사람 나쁜 사람이 극과 극을 달렸다. 가진 것과 마음의 여유는 이렇게 반비례하는 게 맞는 것일까. 시골에서 순박함을 느낄 수 있는 것은 자연 때문일까 아니면 무소유 때문일까. 욕심이라는 게 끝이 없는 걸 보면, 내려놓고 산다는 것 역시 쉬운 일은 아닐 것이다. 내려놓는 일이 쉽다면 세상에 우울증이란 게 존재할 수가 없겠지?

갈등의 조절, 이해하고 내려놓고 대화하고

¶ "우리 남편은요. 도무지 제 얘기를 듣지 않아요. 이렇게 해라, 저렇게 해라 설명하고 다그치고 때로는 애원해도 바뀌지를 않아요. 내가 분명히 그런 행동이 싫다고 했는데도 말이 안 통해요. 나를 무시하는 거 아닐까요. 날 무시하지 않고서야 저 사람이 어떻게 저렇게 행동할 수 있을까요. 포기하려고도 하는데 그래도 화가 나네요. 도대체 뭘 생각하는지도 모르겠고, 대화 좀 하자고 해도 귀찮아하고, 저는 어떻게 해야 할까요?"

사람이 살면서 가장 큰 문제 중 하나는 맞지 않는 사람과 매일 마주치며 사는 것일 테다. 결혼생활의 문제도 이것에 기인한다. 뜻이 잘 맞는 사람끼리 모여도 이런저런 갈등이 생기는데, 하물며 살아온 세월도 다르고 유전자도 다르고 환경도 다른 사람들이 같이 잘살아 보겠다고 모여 사는 것 자체가 커다란 도전이다. 점점 서로 간에 안 맞는 부분들을 발견하게 되고, 처음 품었던 환상은 깨진다. 비단 부부만의 문제도 아니다. 부모자녀의 관계에서도, 연인 혹은 친구와의 관계에서도, 직장에서의 관계에서도 동일하게 벌어지는 일이다. 서로의 차이를 얼마나 잘 조절하며 사느냐의 문제다. 때로는 참고, 때로는 화내며 때로는 포기하고, 때로는 상대방을 바꾸려 갖은 애를 쓴다. 이것저것이 다 안 되면 그때는 헤어짐을 택하게 된다. 이혼이 많아진다는 것은 어찌 보면 이런저런 시도들을 해보려는 노력이 더 줄어들고 있다는 반증이다. 떨어지는 것만이 해답이 될 수밖에 없다고 생각하며 헤어짐을 결정한다.

터키 여행에서 가장 힘들었던 점을 꼽는다면, 같이 여행 간 친구와의 갈등이다. 이 친구는 여행도 처음이었지만 체력이나 스트레스에 대한 내성이 무척이나 떨어져서 기분 변화가 잦은 탓에 무척이나 날 힘들게 만들었다. 당시에는 그래도 혼자 가는 여행보다는 누구라도 같이 가는 게 좋지 않을까 해서 여행을 제안했는데, 막상 가서는 그 선택이 가장 후회가 될 정도였다. 입술이 터질 정도의 피곤함과 싸우면서 다니는 여행이 쉽지는 않았겠지만, 그래도 나는 새로운 경험과 자연으로 그 모든 것들을 보상받을 수 있었다. 하지만 친구는 아닌 모양이었다.

여행 막판 이스탄불에서 쌓인 것들이 터졌다. 힘든 스케줄, 열악한 숙소, 맞지 않는 음식 등을 토로하며 그 친구는 소리를 지르고 눈물을 흘렸다. 화가 났다. 이스탄불에서의 아까운 시간이 이 친구를 달래느라 지나가고 있었다. 내가 생각한 여행이 이런 것은 아니었는데. "우리가 언제 여기 다시 올 수 있겠나. 나쁜 기분으로 여행을 망치지 말자. 돌아가면 나중에 힘들었던 만큼 더 추억이 될 거다." 얘기하며 어르고 달랬던 기억이 난다. 현지 음식만을 고집하던 내가 한국 라면집까지 찾아가면서 속으로는 '얘는 왜 이렇게 나약하지. 왜 이렇게 호사스럽게 컸지. 숙소가 뭐가 중요해, 그냥 누워 잘 정도면 되는 거지' 생각했다. 정말 짜증이 났다.

하지만 지금 생각하면 부끄러운 일이다. 난 왜 그 친구를 내 기준에 맞추려고만 했을까. 친구가 생각하는 좋은 여행의 기준과 나의 기준은 다를 것이다. 적어도 그 친구는 여행 초반에는 내 심기를 건드리지 않으려고 최대한 나에게 맞춰준 것이고, 난 내가 주도하는 여행이라는 전제 때문에 내 맘대로 진행했는데 이게 터져버린 것이다. 적어도 친구는 여행 초반에는 날 위해 희생했지만, 나는 크게 희생한 게 없었던 것 같다. '내 덕택에 네가 이런 좋은 것도 보고 즐기고 경험하니 너는 그냥 닥치고 나만 따라와' 이런 생각이 아니었을까. 나만 생각하면서 상대방의 희생을 강요하는 그런 생각들 말이다.

사람 사이의 갈등도 이와 마찬가지다. '저 사람을 도무지 이해하지 못하겠다'는 불평이 너무나 많다. 그런데 상대방도 마찬가지다. 상대방도 나를 이해할 수 있을까? 어차피 우리 모두는 다른 사람들인데 말이다. 좌파는 우파를 이해하지 못하고, 불교도는 기독교인을 이해하지 못하고, 로커는 힙합 뮤지션을 이해하지 못하고. 그러면서 다들 설득하려고만 한다. 난 맞고 넌 틀렸으니 날 따라오라고 한다. 네가 틀린 이유를 설명하고 설득하려 한다. 나에게 동조하게 만들고자 한다. 하지만 문제는 그게 잘 안 된다는 것이다. 정치도 종교도, 그 사

'저 사람은 절대 이해할 수 없어!'라고 생각하는 상대 역시 나라는 존재를 쉽게 받아들이기 어려울 수 있다. 서로를 존중하면 그뿐, 바꾸려 해선 안 된다. 그럴 필요도 없다.

람의 사상과 철학 모두를 바꾸기는 하늘의 별 따기다.

"사람은 바뀌지 않습니다. 남을 바꾸려 노력하지 마세요."

정신과 의사로 살면서 면담 중 가장 많이 조언한 것 중 하나가 아마 이 얘기인 것 같다. 정신과 의사는 사람을 치료할 수 있을 뿐이지 사람을 바꿀 수는 없다. 성격을 바꿔 달라는 사람들이 간혹 진료실을 찾는데, 어려운 이야기다. 나도 그렇고 당신도 그렇고 우리는 지금도 앞으로도 바뀌지 않을 것이다. 이것은 서로를 존중하고 말고의 문제가 아니다. 난 당신을 존중하지만 당신이 원하는 대로 바뀌기는 어렵다. 그러기도 힘들고, 그럴 필요도 없기 때문이다.

너무나 당연한 이 명제에 도전하는 사람이 넘쳐난다. 내 입맛대로 내 철학대로 남을 설득시키고 바꾸고 싶어 한다. 못 바뀌서 갈등이 생기고, 이해하지 못하겠다 존중하지 않는다 푸념한다. 하지만 사람이 바뀌지 않는다는 것을 알면 굳이 계란으로 바위를 칠 일이 없어진다. 그 사람을 나처럼 바꾸는 것을 적절히 포기하고 받아들이게 된다. 우리는 남을 바꾸기보다는 받아들여야 한다. 너와 나의 생각이 다를 수 있음을 인정해야 한다. 내가 절대 선이나 절대 진리가 아닐 수도 있음을 받아들여야 한다. 너의 정치색이 달라도 종교가 달라도 좋아하는 음식이 달라도 그것을 비하하고 비난하고 설득하기보다는 인정하고 받아들이는 자세가 필요하다.

서로 다르다는 것을 인정하는 것이 존중

상대방을 받아들이면 많은 것들이 달라진다. 상대방을 계몽하고 가르치는 게 아니라 존중할 수 있게 된다. '당신과 나는 많이 다르지만 당신의 그런 생각도 존중받을 가치가 있다. 내겐 비싼 돈 주고 럭셔리한 숙소에서 묵는 게 아무 의미 없지만, 안락한 숙소를 추구하는 당신의 가치관도 존중할 필요가 있다.' 내가 그때 이런 생각을 할 수 있었더라면 난 아마도 좀 덜 빡센 스케줄을 짰을 것이다. 예산이 좀 더 들더라도 여행 중간에 가끔씩은 깔끔하고 고급스러운 호텔도 잡아서 상대방을 좀 더 편하게 쉬게 해줬을 것이다. 아마 그런 배려가 있었다면 그 친구도 더 만족하고, 힘들어도 참고 즐겁게 여행할 수 있지 않았을까. 환하게 웃는 그 친구의 얼굴을 보면서 내 여행의 즐거움도 더 커지지 않았을까. 여전히 난 널 이해하지 못하겠지만 그래도 맞춰줄 순 있다. 너도 존중받아야 할 사람이기에.

내가 남을 내 틀에 맞추려는 노력을 멈춘다면, 나 역시 비로소 편해질 수가 있다. 남편의 행동에 씩씩거리는 일도 줄어든다. 그 사람은 원래 그런 사람이니까. 적절히 받아들이고 포기하게 된다. 포기하면 편하다고 하는데, 괜한 일에 내 에너지를 낭비하지 않아도 되니 더 나은 일이다. 남을 바꾸고 설득할 시간에 차라리 내 활동에 집중하는 것이 내게도 이익이다. 포기하는 것이 1단계, 존중하는 것이 2단계다. 존중까지 하게 되면 그만큼 나에게 돌아온다. 그 사람도 날 더 존중하게 만들 수 있다. 내가 먼저 움직여야 그 사람도 움직인다고 생각하는 게 낫다. 존중을 바란다면 내가 먼저 존중을 하는 것이 맞는 일이다.

지금 나의 가족들도 그때 그 친구와 비슷한 가치관을 가지고 있다. 난 더 이상 내 생각을 강요하지 않는다. 가족 여행에서는 최대한 좋은 숙소에서 편하게 쉬려고 한다. 스케줄도 빡빡하게 짜지 않는다. 경험으로 인해 배운 것들이다. 때론 한 치 오차 없는 계획보다, 내 옆에 있는 사람들의 표정이 날 더 만족시킨다. 그들이 즐거우면 나도 즐겁다. 내가 원하는 대로만 하고 싶다면 나 혼자 살면 된다. 하지만 우리 옆에는 언제든 사람이 있다. 그 사람은 언제든 너와 내가 다름을 상기시키면서, 때로는 날 힘들고 성가시게 만든다. 하지만 너와 내가 앞으로 계속 이 길을 같이 걸어갈 사이라면, 때로는 포기하고 받아들이면서 뚜벅뚜벅 같이 걸어가는 것이 낫다. 사람은 그렇게 같이 가는 것이다. 때로는 다름이 장점이 될 수도 있다. 내가 가지지 못한 꼼꼼함을 그가 가지고 있고, 그가 가지지 못한 결단력이 나에게는 있을 수 있다. 달라서 서로 보완이 가능한 것들이다. 백년해로 해온 부부들은 '더 잘 바뀌는' 사람들이라기보다는 '더 잘 받아들이는' 사람들일 테다.

사람들과의 관계에서 힘을 빼자. 상대방에게 너무 과한 기대를 하지 말자. 기대는 실망으로 돌아온다. 기대가 없으면 실망할 일도 별로 없다. 관심 주지 말고 살라는 얘기가 아니다. 과다한 실망과 분노도 내 마음에서 비롯되는 것이다. 그 사람이라고 나한테 불만이 없겠나. 남을 바꿀 수는 없지만, 나도 바뀌기는 어렵지만 그래도 남을 바꾸는 것보다는 내가 바뀌는 것이 더 현실성 있는 이야기다. 너무 기대하지 말고, 너무 나에게 맞춰 달라 요구하지 말자. 받아들여 주자. 내가 받아들인 만큼 그도 날 더 받아들일 수 있게 될 것이다.

너무 기대하지 말고, 너무 나에게 맞춰 달라 요구하지 말자. 받아들여 주자. 내가 받아들인 만큼 그도 날 더 받아들일 수 있게 될 것이다.

내가 너를 바꿀 수 없다는 것을 인정하는 법 : 터키

같은 방 안에서 남편은 인터넷 바둑을 두고, 아내는 책을 본다. 서로 다른 걸 하고 있고 다른 곳을 보고 있고 말도 잘 나누지 않지만, 묘한 동질감과 편안한 공기가 방안을 가득 채운다.

좋은 부부란 그런 것이 아닐까. 당신은 당신 하고 싶은 걸 하고, 난 나대로 내 일을 하고. 그래도 같은 공간에서 이렇게 편안하게 서로의 일과에 몰두할 수 있는.

04

중독이 꼭 나쁜 것만은 아니잖아?

: 스페인

"게임은 정말 해로운 거 맞지요?"

어느 학부형이 게임중독에 빠져 있는 아이를 데려와 이런 질문을 던진다면, 비록 강하게 동조해 주기를 원한다 하더라도 난 별로 해줄 말이 없다. 나 역시 과거에는 숱하게 게임을 했기 때문이다. 다만 남들이 흔히 하는 PC방 게임이나 스타크래프트 같은 것들을 하지는 않았다. 난 주로 콘솔 게임기로 일대일 축구 게임을 많이 했는데, 스포츠도 좋아하고 일대일

겨루기를 좋아하는 내 기질과 성미 때문이었다.

내가 어릴 때는 주로 땅에서 놀았다. 땅에서 숨바꼭질을 하고, 땅에서 야구를 하고, 땅에 그림을 그리고 땅을 발로 차며 놀았다. 집 앞 골목이 곧 내 정원이요, 플레이그라운드였다. 삐삐나 핸드폰이 없어도 학교가 끝나면 다들 알아서 골목으로 모였다. 하지만 지금은 그렇게 할 수 없다. 기본적으로 차가 너무 많아지고, 땅도 별로 없기 때문이다. 사람들은 더 좁은 곳에서 더 효율적으로 놀 수 있는 방법을 고안하게 되었고, 그렇게 게임은 우리 놀이의 많은 부분을 차지하게 되었다. 내가 놀아야 아이가 고루 성장한다는 이야기는 이제 별로 의미가 없다. 바뀐 세상을 받아들여야 할 뿐이다.

식음을 전폐하고 게임에 몰두하는 중독성을 옹호하고자 하는 것은 아니다. 다만 우리가 일상의 스트레스와 번뇌에서 간편하게 벗어나는 데 있어 게임만 한 것이 없다는 것이다. 과거에 게임을 하려면 오락실과 PC, 콘솔 게임기가 필요했지만 이젠 손안에 작은 기계만 있어도 현실에서 벗어날 수 있다. 게임한다고 우울증이 좋아지는 건 아니다. 게임을 심하게 하면 우울증이 더 깊어질 수도 있다. 하지만 일상의 번뇌에서 조금이라도 벗어날 기회가 필요한 요즘 사람들에게는, 적당한 가상 세계로의 일탈도 도움이 될 수 있지 않을까 싶다.

레지던트 시절, 스트레스에서 도피하는 오아시스 삼아 게

임을 많이 즐겼다. 같은 축구게임을 하는 친구 녀석 집으로
가서 밤새워 게임을 하고 아침에 병원으로 출근할 정도였고,
가끔 고향 집으로 가면 실력이 엇비슷한 우리 형이랑 주말 내
내 게임을 하기도 했다. 술 먹고 흥청망청하는 것보다는 이게
더 낫지 않을까 하는 생각이었던 것 같다. 군 생활 중에도 이
런 패턴은 계속되었다. 어차피 집에 가도 혼자니, 근무 시간
이 끝나도 군 동료들과 휴게실에서 축구게임을 하며 놀았다.
점점 해외 축구 전문가가 되어갔다. 노력하는 사람은 즐기는
사람을 이길 수 없다는 말이 실감될 정도였다. 게임을 할수록
온갖 축구팀이며 각 팀의 선수들을 숙지하게 되었고, 하루 종

노력하는 사람은 즐기는 사람을 이길 수 없다는 말이 실감될 정도였다. 게임을 할수록 온
갖 축구팀이며 각 팀의 선수들을 숙지하게 되었고, 하루 종일 축구 얘기를 해도 될 만큼
박식해졌다.

일 축구 얘기를 해도 될 만큼 박식해졌다.

그래서 스페인에 갔다. 레알 마드리드와 FC 바르셀로나의 축구장과 축구팀을 보러 말이다. 가상 세계에서 보는 것들은 결국 현실에서 보고 싶어지기 마련이다. 전자책으로 책을 아무리 많이 읽어도 결국 책은 종이책으로 읽어야 하는 것과 같은 이치랄까. 어떤 주제를 가지고 간 여행은 그때가 처음이었다. 이전에는 이것저것 많이 보러 여행을 갔다면, 그때는 축구라는 주제에 딱 꽂혀서 떠났다. 특히 바르셀로나가 무척 기대가 되었다. 난 FC 바르셀로나의 팬이었고, 내가 게임에서 가장 즐겨하던 팀도 바로 그 팀이었기 때문이다.

미리 걱정한다고 좋은 건 없다. 내가 스페인에 갈 당시에는 '스페인은 집시가 많아서 아주 위험하다'는 소문이 흉흉했다. 이탈리아에 있던 집시들이 스페인으로 다 넘어왔다는 얘기도 있었다. 복대도 꼼꼼히 차고, 신발 밑창에 비상금도 숨겨두고 어쨌든 대비는 철저히 했다. 하지만 소문난 잔치에 먹을 거 없다고, 집시 때문에 고생한 기억은 별로 없다. 오히려 더위 때문에 죽을 뻔했다. 스페인의 해바라기 풍경을 고대했는데, 해바라기가 더위 때문에 시들어 있을 정도였으니 말 다 했다.

마드리드는 그림의 도시였다. 프라도 미술관(Museo del Prado)에서 본 고야와 벨라스케스, 피카소의 그림이 마음을 가득 채웠다. 나중에야 느낀 것이지만 기왕 주제를 가지고 여행을 한다면 '미술'이라는 테마가 멋진 소재가 될 수 있을 것 같았다. 미술에는 역사가 있고, 웅장함이 있고, 무엇보다 여운이 있다. 모든 감상에는 배경지식이 필요하다. 우리가 미술에 대해 좀 더 관심을 가지고 그 화가와 시대 배경을 더 잘 이해한다면, 미술작품 관람이야말로 다른 세상으로 빠져드는 타임머신이 될 거라고 믿는다. 과거 배낭여행에서 들른 루브르(Musée du Louvre)나 대영박물관(The British Museum)에서도 느끼지 못했던 그러한 여운들을, 난 마드리드에서 생애 처음으로 느꼈다. 스페인 여행 이후 미술작품 관람은 내 진지한 취미가 되었다.

플라멩코는 때론 서정적이고, 때론 격렬했다. 스페인을 대표하는 정열과 격렬함을 플라멩코가 대변하는 것이 아닌가 싶었다. 조금의 용기는 우리 삶을 더 풍요롭게 한다. 약간의 알코올 기운 덕분에 용기를 내자, 같이 온 여행객들과 플라멩코 무대에서 무아지경으로 어울릴 수 있었다. 즐거운 경험이었다. 이렇게 내려놓으면 편한데, 우리는 왜 여행에서도 남들 눈치를 볼까. 여기에는 날 아는 사람 하나 없는데 말이다. 내려놓아야 더 얻어갈 수 있다는 사실은 어느 여행지에서도 똑같이 느끼는 점이다. 남들의 눈치를 살필 때와 남들의 시선을 의식하지 않아야 할 때는 분명히 구분된다.

가끔은 내가 정말 기대했던 것보다는, 오히려 그 옆에 있는 다른 것들이 더 인상적일 때가 있다. 그라나다에서 나는 그 유명한 알람브라(Alhambra)의 내부보다는 오히려, 어둑해질 저녁에 저 멀리 바라보이는 알람브라의 불 켜진 야경이 더 좋았다. 정작 좋고 나쁨을 결정하는 것은 엄청난 소문보다는 우리 자신이다. 이런 판단을 직접 내리기 위해 우리는 여행을 떠나나 보다. 나만의 여행책을 새로 쓰는 과정이라고나 할까.

정작 좋고 나쁨을 결정하는 것은 엄청난 소문보다는 우리 자신이다. 이런 판단을 직접 내리기 위해 우리는 여행을 떠나나 보다.

바르셀로나에 도착. 축구장보다도 우선 가우디를 영접해야 한다. 건축이 사람의 마음을 움직일 수 있다는 것을 가우디의 사그라다 파밀리아(Sagrada Família) 성당을 통해 배운 것

때로는 종결되지 않은 연속성이 우리에게 더한 감흥을 준다. 내 생애 모든 것들을 끝마치지 않고 후세에 숙제를 남겨두는 기분은 어떤 느낌일까.

같다. 때로는 종결되지 않은 연속성이 우리에게 더한 감흥을 준다. 가우디의 150년 역작이라 불리는 사그라다 파밀리아 완공이 5년 정도 남았다는 기사를 본 적이 있다. 내 생애 모든 것들을 끝마치지 않고 후세에 숙제를 남겨두는 기분은 어떤 느낌일까. 왠지 나도 그런 생을 살고 싶다는 생각이 들었다. 마무리되지 않은 숙제를 남겨두고 싶다는 바람.

드디어 밟았다. 바르셀로나의 캄 노우(Camp Nou) 구장. 하지만 플레이가 펼쳐지지 않는 구장은 공허한 것이다. 난 축구장이 보고 싶은 게 아니라 축구가 보고 싶은 건데. 대리만족이라는 게 얼마나 서글픈 것인가. 텅 빈 축구장을 보는 것도, 메시의 유니폼을 사는 것도, 뭔가 아쉬운 마음 금할 길이 없다. 앞으로 또 이처럼 '이렇게라도 만족해야 할' 일들이 얼마나 많이 생길까. 살면서 100퍼센트 만족할 수 있는 일들은 얼마나 될까. 만족하고 만족하지 못하고의 문제도 내가 결정할 일이다.

기억은 감정의 손을 잡고

¶ "저는 살면서 좋았던 기억이 전혀 없어요."

"저는 중학교, 고등학교 때까지의 기억이 전혀 안 나요."

"그때의 고통스러운 기억이 지금도 잊혀지지 않아요. 너무 생생해서 잠도 못 자고 생활도 제대로 못하고 있어요."

"남들보다 자질구레한 기억을 너무 잘 해내서 고민이에요."

우리가 기억이란 녀석을 잘 떠올릴 수 있는 게 좋은 걸까 나쁜 걸까. 기억을 못 떠올리는 건 불행한 것일까. 진료실에서 기억에 대한 수많은 얘기를 나눈다. 어쩌면 상담이란 것이

한 개인의 여러 가지 긍정적·부정적 기억들을 펼쳐놓는 시간일 수 있다. "이번 한 주는 어떻게 지내셨나요?"라는 의사의 질문을 듣게 되면, 내담자는 지난 한 주의 여러 가지 자질구레한 기억들을 떠올려야 하고, 이것들을 풀어놓게 되기 때문이다. 상담은 기억의 나열이라 볼 수 있다. 개인적으로 나는 기억이 안 나서 힘든 사람보다는 기억이 너무 잘 나서 힘든 사람들을 더 많이 보게 된다. 치매 혹은 기억력이 떨어지는 학습장애나 ADHD를 떠올려 보면 당연히 기억을 잘 못하는 것이 더 힘든 게 아닌가 생각할 수도 있겠지만, 그렇지 않다. 괴로운 기억을 떨쳐버리지 못해 힘들어하는 사람들을 우리는 훨씬 더 자주 만나게 된다. 치매 환자들에게 특효약이 나와서 나쁜 기억 말고 좋은 기억만 떠올릴 수 있게 만든다면, 인류에게 커다란 공헌이 될 수 있지 않을까?

"당신의 첫 기억은 무엇인가요?" 면담 중 의사들이 흔히 던지는 질문이다. 주로 초진 때 처음 환자를 만나 이런 질문들을 던지게 된다. 개인적으로는 처음 정신과 레지던트 면접 자리에서 교수님에게 받은 질문이기도 하다. 그 사람의 첫 기억은 그 사람의 정서와 심리적 안정감을 추측하는 데 도움이 된다. 다 그런 것은 아니겠지만 첫 기억이 얼마나 긍정적인가 아님 부정적인가에 따라 그 사람의 정서와 감정 상태를 추측해 볼 수 있다. 엄마와 다정히 정원에서 노는 첫 기억을 가진 사람과,

엄마에게 심하게 혼나거나 맞은 후 무서움에 떨고 있는 첫 기억을 가진 사람은 평상시 마음의 안정 상태가 다를 수 있다는 얘기다. 마음이 안정되어 있을수록 대체로 행복한 첫 기억을 떠올리는 경향이 높을 것이다. 반면 부정적 첫 기억은 그 사람의 부정적인 감정 상태를 유추해 볼 수 있게 한다.

레지던트 면접 때 이 질문을 받고 가만히 생각해 보니 내 첫 기억은 어릴 때 100원짜리 동전을 들고 동네 구멍가게에 과자 사러 가다가 그만 동전을 하수구에 빠뜨려 이러지도 저러지도 못하고 울먹이던 기억이더라. 그런 대답을 해놓고도 정신과 레지던트 합격을 하기는 했으니, 우리 교수님이 그 기억에 크게 마이너스 점수를 주지는 않으신 모양이다.

힘든 여행일수록 기억에 많이 남는다고 하는데, 내 스페인 여행은 미리 스케줄과 숙소가 정해진 상당히 편한 여행이었음에도 불구하고 여러 가지 기억들이 많이 남는다. 프라도 미술관에서 벨라스케스의 〈시녀들(Las Meninas)〉 앞에서 얼어붙었던 기억, 마치 우주 공간과 같은 느낌이었던 마드리드의 투우장, 강렬한 플라멩코 공연 후 숙소로 돌아가는 택시에서 흘러나온 감미로운 팝 음악, 설명할 필요가 없는 바르셀로나 캄 노우 구장에서의 기억까지……. 그러한 기억과 동반되는 감정들은 대체로 '감동', '경이로운' '소름이 돋는' 이러한 단어들로 표현하는 게 맞는 것 같다. 더 세련된 표현들을 찾을 수 없어 아쉬울 따름이다.

아직까지도 생생히 기억나는 삶의 여러 가지 순간들을 떠올려 보라. 좋았던 기억과 나빴던 기억이 혼재되어 나타날 것이다. 나도 첫 기억은 앞서서 얘기한 대로 아픈 기억이지만, 대학 입학이나 첫 출판이나 아이의 출산 같은 기쁘고 행복한 기억들도 많이 있다. 내가 떠올릴 수 있는 기억들이 대체로 좋은 기억들인지 아니면 나쁜 기억들인지 살펴보는 것은 흥미로운 작업이 될 수 있다. 나의 기분이 양호한지 아닌지에 따라서 그 비중은 다소 달라질 수 있다. 살면서 좋았던 기억이 별로 없다는 사람에게는 정말로 좋은 일이라는 게 전혀 없었던 걸까? 아마 그 사람도 여러 좋은 경험들을 많이 했을 것이다. 다만 지금의 내 우울함이라는 녀석이 그런 좋은 기억들을 떠올리는 데 방해꾼 역할을 하고 있을 가능성이 높다. 우울한 사람은 대체로 우울한 생각만을 하고 우울한 기억만을 떠올리게 되니까.

그렇게 따지면 "기억하지 못해요."라는 것은, 돌려 말하면 기억하기 싫을 정도로 그때 그 시절이 끔찍하다는 얘기일 수 있다. 환자는 정말로 기억을 못하는 것이지, 기억나는 것을 고의로 부인하는 것은 아니다. 망각이 고도의 자기방어 수단이 되는 것이다. 중·고등학교 때 극도의 따돌림을 당한 친구가 정작 그 시절이 하나도 기억나지 않는다고 호소하는 것은, 다시 보면 절대로 난 그때를 기억하고 싶지 않다는 표현이기도 하다. 기억의 괴로움 끝에 기억의 망각을 택하여 스스로를 보호하는 것이다. 심한 경우엔 이런 상황도 벌어지는데, 극심한 고부갈등으로 고생하는 며느리가 어느 날 시어머니를 보고 "누구세요?"라며 전혀 알아보지 못하기도 한다. 당연히 가족은 난리가 나고 응급실로 실려온다. 심지어 말을 못하거나 듣지 못하는 상황까지 벌어지기도 한다. 이 모든 것이 순식간에 생기는 일이다. 우리는 이런 상황을 '전환장애'라고 이름 붙인다. 고의로 기억을 지워버리는 것은 아닐 것이다. 얼마나 망각을 원했던 것일까. 이런 증상은 치매나 기억력 장애라기보다는 무의식 속에서 스스로를 방어하는 수단일 가능성이 높다.

그렇다면 왜 어떤 기억들은 그렇게 생생하게 떠오르는 걸까. 내가 돈을 잃어버린 어린 시절이 첫 기억으로 떠오르는 것은 아마 그때 너무 화나고 억울했기 때문일 가능성이 높다. 내가 스페인에서 본 사그라다 파밀리아 성당이, 벨라스케스의 그림이 그렇게 오랫동안 기억으로 남는 건 그 경이로움이 너무 컸기 때문일 수 있다. 이렇듯 오래 남는 기억은 대체로 강한 감정을 동반했던 순간일 경우가 많다. 당신의 기억도 그렇지 않은가? 오랜 기간 분노와 슬픔에 잠겨 있다가, 평소에 느끼지 못했던 기쁨과 즐거움을 경험하게 되면 이 순간들이 기억에 더 오래 남게 된다.

벨라스케스의 그림이 이토록 오랫동안 기억으로 남는 건, 그 경이로움이 너무 컸기 때문이리라. 이렇듯 오래 남는 기억은 대체로 강한 감정을 동반했던 순간일 경우가 많다.

감정이라는 놈이 마치 뇌에 못질을 해서 어떠한 순간들을 강하게 붙들어 매는 이미지를 떠올리면 되겠다. 일상적이고 편안한 순간들보다는 강한 감정의 순간들이 더 기억에 남는 것은, 감정이 못과 풀의 역할을 하기 때문이다.

괴로운 기억에서 벗어나지 못하는 사람들은 그때의 그 괴로운 감정이 너무 컸기 때문에, 못질이 더욱 심하게 되었기 때문일 수 있다. PTSD, 즉 외상 후 스트레스 장애라고 하는 질환도 결국은 그 당시의 공포감이 너무 커서 잊히지 않는 경우라 할 수 있다. 그래서 이런 경우엔 단순히 생각하지 않거나, 주의를 환기하도록 노력하는 것보다는 그 감정을 더 분출하고 완화하기 위한 노력을 해야 한다. 못을 뽑아내야 물건을 빼낼 수 있는 것과 마찬가지다. 일단 그 상황을 떠올리면 그 감정에 너무 압도되어 버리기 때문에 쉽게 떠올리기를 주저할 수 있는데, 오히려 더 떠올리고 더 감정을 분출하고 덜어내기 위한 노력들을 해야 한다. 거꾸로 말해서 과거의 기억 때문에 불안하고 우울한 사람들은 반대로 현재의 우울과 불안을 잘 다뤄주면 과거의 기억에서도 점진적으로 자유로워질 수 있다는 결론이 나온다.

내 기억의 갤러리에 좋은 기억을 걸어두려는 노력

이렇듯 대체로 보면, 기억이 안 나서 괴로워하는 사람보단 기억이 너무 잘나서 괴로운 사람들이 더 많다. 지속적으로 밀려드는 생각과 기억을 주체할 수 없는 것이다. 따라서 좋아진다는 것은, 어찌 보면 생각이 줄어드는 과정일 수도 있다. 평소 쉽게 불안하고 초조한 사람들은 대체로 불필요한 생각이 많은 사람들이다. 망상이라는 것도 쓸데없이 남을 의심하는 생각이 너무 많은 것의 심한 형태이다. 강박이라는 것도 잡생각에서 빠져나오지 못하는 증상이다. 우리는 과다한 기억과 생각을 줄일수록 더 편해질 수 있다. 느긋하게 삶을 사는 사람들을 보면 대체로 생각이 단순하고, 복잡한 생각을 덜 한다. 과거와 미래보다는 현재에 더 집중하는 사람들이다. 머리를 비우는 데 가장 좋은 방법 중 하나가 몸을 움직이는 것이다. 몸이 바쁘면 머리가 덜 바쁘고, 반면 머리가 바쁘면 몸을 움직이기가 힘들어진다. 해결되지 않는 문제에 골몰하는 것보다는 차라리 걷거나 뛰면서 그 생각에서 일단 벗어나는 것이 더 나을 수 있다는 얘기다. 그래서 머리 아픈 문제가 있다면 일단 나가서 걸어야 한다. 걷다 보면 내가 지금 함몰된 고민이 그렇게 중요한 문제가 아님을 알 수도 있고, 당장 해결해야 할 만큼 시급한 문제가 아닐 수도 있다는 것을 깨닫게 된다. 반면 침대에 하루 종일 누워 있는 사람일수록 온갖 기억과 생각에 괴로워한다.

이렇게 본다면 우리의 인생이, 좋은 감정으로 못질이 된 좋은 기억을 남기는 과정이 된다면 참 좋을 것 같다. 내가 눈을 감는 그날 여러 행복한 기억들로 삶을 마칠 수 있다면 얼마나 좋겠는가. 다만 좋은 감정을 많이 남기기 위해서는 좀 더 부지런해질 필요가 있다. 집안에서 영화를 보거나 유튜브만 보던

걷다 보면 내가 지금 함몰된 고민이 그렇게 중요한 문제가 아님을 알 수도 있고, 당장 해결해야 할 만큼 시급한 문제가 아닐 수도 있다는 것을 깨닫게 된다. 반면 침대에 누워 있는 사람일수록 온갖 기억과 생각에 괴로워한다.

시간들이 기억에 남기는 어렵기 때문이다. 여행이라는 것은 감정을 누리고 기억을 남길 기회를 더 많이 가져보려는 노력일 수 있다. 여행이든 다른 어떤 것이든 다 좋다. 사람들과 더 많이 교류하고 새로운 것에 대한 호기심을 더하고 구체적으로 실행할 때, 새로운 경험을 할 기회를 누릴 수 있다. 평소에 감정관리를 잘 해서 많이 움직일 수 있는 에너지를 잘 유지한다면, 아마도 그러한 기억의 기회들이 더 많이 찾아올 것이다. 밤하늘 별이 쏟아지는 멋진 곳에서 가족들과 캠핑하는 추억을 남기려면 일단은 떠나야, 몸을 움직여야 하는 것이다.

"덜 우울하게, 덜 불안하도록 도와드릴 수는 있지만 기분이 좋아지게 만들어 드릴 수는 없어요. 더 나은 기분을 느낄 수 있는 기회는 스스로 찾아나서야 해요. 그렇게 움직일 수 있는 상태를 만드는 걸 도와드리는 게 제 일입니다."

진료실에서 내가 항상 하는 얘기다. 정신과 상담을 통해 마이너스를 0으로 만드는 것을 도울 수는 있지만, 플러스로 만드는 것은 아니라는 얘기다. 운동을 하든 여행을 하든 그것은 당사자가 노력해야 할 일이다.

마지막으로 한 가지만 더해보자. 이제까지 기억이 덜 나는 것이 더 좋을 수 있다는 얘기를 했지만, 너무 기억을 못해서 문제인 경우도 많다. '오늘 점심에 내가 뭘 먹었더라?' 하는 사소한 기억을 말하는 것이 아니다. 어제 내가 뭘 했는지,

지난 일주일이나 지난 한 달간 뭘 했는지 기억하지 못하는 경우가 태반이다. 이유가 뭘까? 항상 같은 직장, 같은 일상이 반복되다 보니, 강한 감정을 느낄 수 있는 기회가 일상에 거의 없는 게 문제다. 일에 몰두하거나 집안일을 하면서 강한 감정을 느끼기는 어렵다. 오히려 일이 많아서, 상사의 오지랖이나 참견 때문에, 말 안 듣는 애들 때문에 화나거나 속상한 감정만이 솟구칠 뿐이다. 인공지능 세상으로 접어든다고 하는데, 우린 지금도 마치 기계처럼 감정이 무뎌지는 과정의 한가운데에 있다. 못질을 해줄 감정을 경험하지 못하다 보니 뇌리에 남는 기억이 거의 없는 것이다. 단조로운 일상에서 벗어나 다채로운 감정을 보다 많이 느낄 수 있는 기회가 필요하다. 친구들과의 자리에서, 미술관이나 공연장에서, 자연에서 그러한 기회를 만날 수 있다.

내가 스페인을 떠올릴 때 느끼는 고마운 기억들은, 결국 내가 그곳으로 떠남으로써 만들 수 있었던 것이다. 힘든 기억이면 또 어떠하랴. 힘들었던 기억이 어느새 추억으로 느껴질 수 있다면, 그것은 당신이 그만큼 지금 잘 지내고 있고, 편안해졌다는 증거가 되는 것이다. 그 과정을 통해서 한 단계 더 성장했다는 것이다.

좋은 감정과 좋은 기억을 남기기 위한 노력이 오늘도 필요한 이유다.

05

허니문, 서로를 공부하기 위해 떠나는 여행

: 스위스, 이탈리아

서로 눈치 보려고 하는 것이 결혼

결혼은 언제 하는 것이 가장 좋을까. 식상하면서도 좀처럼 답을 내리기가 힘든 질문이다. 난 레지던트 수료 후 전문의를 따고 병무청에서 군생활을 3년 했는데, 당시에는 병무청에서 일한다는 것이 거의 반 로또나 다름없이 편한 보직이었다. 그 랬기 때문에 오히려 군대에서 원 없이 놀고 난 후 제대를 앞두고 결혼을 하는 것이 좋겠다는 결론을 내렸다. 하지만 막상 군대에 가니 같이 놀 사람도 없고 남들처럼 PC방에서 게임이

나 하자니 시간이 아깝다는 생각이 들었다. 이런 생각에 병무청 옆 시립도서관에서 주구장창 책을 빌려 읽었고, 그 시간이 정신과 의사로서의 나를 만든 것 같다는 생각이 든다.

결혼을 하게 되면 허니문 장소를 정해야 하는데, 나는 이를 배우자에게 일임했고, 당시는 유럽으로 가는 허니문이 인기 있을 때여서 아내는 유럽행을 결정했다. 하지만 나에게 문제가 된 것은, 아내는 유럽이라는 넓은 장소만 결정했지, 실제적인 여행지와 계획을 짜야 하는 것은 나였다는 것이다. '당신이 짜야 좋은 계획을 짤 수 있다'는 것이 배우자의 주장이었다. 아내는 유럽에 가본 적이 없으니 배낭여행을 포함해 몇 번 다녀온 당신이 전적으로 계획을 짜보라는 것이었다. 하지만 내가 여행 계획을 맡은 더 큰 이유는, 내가 도무지 남에게는 중요한 일을 맡기지를 못하는 사람이라는 점 때문이다. 솔직히 얘기하자면 상대방을 신뢰하지 못하기 때문에 차라리 내가 하는 것이 낫다는 생각인 것이다. 물론 모든 경우가 이런 것은 아니다. 내가 잘 모르는 분야라면 타인을 신뢰하는 것이 더 나을 수 있다. 하지만 내가 남들보다 잘 알고 있다 자신하는 분야에서는 난 좀처럼 타인에게 내 결정을 맡기지 않는 편이다. 그러면서 내가 결정한 것에 대해서는 커다란 인정을 받기를 원해서 여행지나 맛집에 가면 몇 번씩이나 "좋아? 대단해? 맛있어?"를 물어봐야 하는 피곤한 성격이다. 상대가

허니문, 서로를 공부하기 위해 떠나는 여행: 스위스, 이탈리아

만족하는 데서 자존감을 끌어올리고, 실망하면 짜증낸다. 그런 것들이 반복되면 상대에게도 은근히 부담이 된다. 아직도 우리 가족들은 여행지와 맛집에 대해서는 전적으로 나에게 의존한다. 친구들도 마찬가지다. "네가 데려가는 곳은 다 옳다."라고 말하는데, 이제는 사실인지 입바른 말인지도 잘 모르겠다.

신혼여행은 일생일대의 추억이기에, 깊게 고민한 나는 스위스 융프라우와 이탈리아 일주 코스를 선택했다. '자연'과 '유적'과 '날씨'. 아내가 좋아하는 '로맨틱'과 '무드'를 모두 고려한 탁월한 선택이었다고 당시엔 그렇게 생각했던 것 같다. 아내는 처음 가는 유럽에 대한 기대가 컸다. 쇼핑도 잔뜩 할 생각이었던 것 같다. 아내는 온실 속 화초처럼 어디 돌아다녀 본 적도 없고, 돌아다니는 걸 싫어하는 사람이기도 했다. 기왕 가는 로맨틱한 유럽에서 나는 내 여행자의 혼을 아내에게 심어서 신혼여행 이후로도 같이 여기저기 잘 다녀보리라 하는 마음이 컸다. 그게 허니문을 시작하는 나의 각오였다.

여행 첫날 밤, 스위스 융프라우 호텔에 도착한 지친 아내가 체크인 즉시 잠에 빠져든 기억이 난다. 어떤 단어에 너무 의미를 주면 괜히 당사자만 힘이 빠진다. '첫날밤'이라는 단어에 너무 집착해서였을까. 아니라면 앞으로 펼쳐질 부부관계의 여러 암초들을 상징하는 징조였을까. 첫날밤 지쳐 스위

기왕 가는 로맨틱한 유럽에서 나는 내 여행자의 혼을 아내에게 심어서 앞으로 같이 여기저기 잘 다녀보리라 하는 마음이 컸다. 그게 허니문을 시작하는 나의 각오였다.

스의 추위 속에서 잠에 빠져든 아내와, 그걸 지켜보며 괜히 짜증이 난 남편의 풍경. 그래도 신혼여행 첫날이라 와인이라도 한잔 하길 기대하고 있었는데. 사람 관계에 내 뜻대로 되는 일이란 지금도 앞으로도 없을 것임을 살벌하게 일깨워 주는 첫날밤이었다. 반평생을 살고서도 여전히 '생일'이란 날에는 뭔가 대접받아야 하고 사람들이 축하해 주기를 원하는 걸보니, 영영 떨쳐버릴 수 없는 이런 단어들이란 얼마나 많을까. 얼마나 더 살아야 그런 단어들에서 초월하게 될까.

뜻대로 되는 일이 없었다. 4월 초의 스위스 융프라우는 아직 눈으로 뒤덮인 상태였다. 원래는 소가 뛰노는 초원에서 저멀리 호수까지 하이킹을 할 생각이었다. 하지만 하이킹을 해야 할 초원은 스키와 보드를 즐기는 사람들로 가득 찼다. 우리도 대신 스노보드를 빌렸다. 차선책에서 만족을 얻기란 좀처럼 쉽지 않다. 차선은 차선일 뿐이니까. 애써 설산이 멋지고 보드가 즐겁다 자위해도 마음 한편의 아쉬움은 지우기 쉽지 않았다. 나 혼자라면 괜찮겠지만 이제는 누가 옆에 있어서 더 문제였다. 나만 있으면 나 혼자 실망하고 끝날 일이지만 누가 옆에 있으면 이 친구의 눈치도 살펴야 하니 더 곤란한 일이었다. 그래서 사람들이 더 결혼을 안 하려 하고, 사람들과 멀어지려 하는지도 모르겠다. 다행히 아내는 이것도 좋은 일이라면서 만족하는 듯한 모습을 보였지만, 난 이미 알

뜻대로 되는 일이 없었다. 4월 초의 스위스 융프라우는 아직 눈으로 뒤덮인 상태였다. 원래는 소가 뛰노는 초원에서 저 멀리 호수까지 하이킹을 할 생각이었다. 하지만 하이킹을 해야 할 초원은 스키와 보드를 즐기는 사람들로 가득 찼다.

고 있었다. 살면서 점점 이런 모습은 사라질 것이라고. 배려하려 애 쓰는 모습도 점점 자기주장과 고집으로 바뀌어 갈 것이라고.

처음 간 여행지는 어느 곳이나 경이롭고 훌륭해 보이지만, 좀 돌아다녀 보고 그곳이 다 그곳 같은 느낌을 받게 되면, 계획한 사람의 마음은 점점 타들어 간다. 이제는 뭘 봐도 그저 그렇고 몸은 점점 피곤해지는데, 뭘 가지고 이 사람을 만족시켜야 하지? 난이도가 점점 높아지는 수학 문제지를 넘기는 느낌이다. 여행지는 점점 더 경이로워져야 하고, 맛집은 점점 더 수준 높아져야 하며, 숙소는 약간의 흠도 허용되지 않는다. 그러다가 문득 화가 나는 것은, '왜 나만 이 친구를 만족시키려 애쓰고 있나' 하는 생각 때문이다. '왜 나만 퍼주는 거지?', '난 내 노력의 응당한 대가를 지불받고 있나?', '상대방은 이런 나의 노심초사를 알까?' 하는 생각에 이르게 되면, 이런 눈치와 걱정들이 다 허사인 것처럼 느껴진다. 하지만 대인관계에서 본전 생각을 하게 되면 괜히 나만 더 힘들어진다. 좀 더 희생하고 산다고 마음먹는 편이 더 낫다. 내가 그 여행에서 본전 생각을 했다면 우리의 허니문은 이미 중간에 종결되었을지도 모를 일이다. 어차피 관계에서 50 대 50으로 균등한 투자를 할 수 없다면, 누군가는 더 희생하고 베푸는 수밖에는 없을 것인데, 적어도 부부 관계에서 난 항상 희생하는 길을

허니문, 서로를 공부하기 위해 떠나는 여행: 스위스, 이탈리아

택한다. 그게 더 나을 것이라 생각하니까. '내가 더 체력도 좋고 내가 이곳을 더 잘 알고 내가 더 긍정적인 편이니' 내가 희생하자고 마음먹는 것이다. 우울증으로 아내를 병원으로 데려온 남편에게 "남편께서 아내보다 더 건강하니 더 맞춰주고 희생하며 사세요. 그러다가 남편이 더 힘들어졌을 때 그땐 아내가 더 양보하게 하세요."라는 조언도 숱하게 했다.

유럽 신혼여행에서 마주친 적어도 20쌍 이상의 대한민국 신혼부부 대부분이 아내가 짠 계획에 남편이 따라다니는 형국이었다. 여행지를 짜고, 동선을 짜고, 숙소를 혼자서 다 짜는 남편은 적어도 나밖에는 없었다. 한식을 먹을 기회가 없다고, 힘들다고, 다 그게 그거라고 불평하는 수많은 남편들을 보았다. 반대로 난 여행을 즐기고 현재를 즐기며 스스로 동선을 개척해 나가는 멋진 남자라고 자체적으로 결론을 내렸다. 그런 부분을 아내가 인정해 주기를 바랐다. 하지만 어려운 일이었다. 그 부부들은 그 부부들인 것이고, 우린 우리만의 관계의 틀이 있는 것이었다. 객관적으로 멋진 남자이고 남들도 그걸 인정하더라도, 옆에 있는 사람이 인정해 주지 않으면 어쩔 수 없는 일이다. 아무리 주변 어른들이 칭찬해 줘도 정작 부모가 칭찬해 주지 않으면 소용없는 것처럼 말이다.

그래도 이탈리아는 좋았다. 아내에게 인정도 더 받기 시작했다. 맥주 한잔이 들어가면 으레 나오는 속 얘기들로 내 답답한 마음을 하소연한 것이 올바른 결과를 이끌었다. "난 이렇게 당신의 눈치를 살피며 노력하고 있는데 좋으면 좋다고 얘기라도 해줘야 내가 힘이 나지 않겠나." 하는 내용이었다. 진정한 대화는 사람을 움직인다. 감정 표현이 서투르니 앞으로는 좀 더 노력하겠다는 대답 이후, 아내는 조금이라도 자기 감정을 언어로 표현하려 노력하기 시작했다. "여기 참 예쁘다.", "이것 참 맛있다." 이런 얘기들이 그곳으로 당신을 데려온 상대방에게 얼마나 큰 보상이 되는지. 칭찬을 받으면 더 나은 결과를 위해 노력하게 된다. 마치 90점 받아온 결과에 기뻐하는 부모를 만족시키기 위해 100점을 받으려 애썼던 어린 시절의 나처럼.

마침 이탈리아는 인정받기에 안성맞춤의 여행지였다. 상대방의 더한 기대를 충족시킬 수 있는 것들이 가득했다. 가끔은 '나 스스로는 이 여행을 얼마나 즐기고 있나' 하는 회의감이 들기도 했지만, 그래도 상대방이 만족할 수 있어서 기쁜 일이었다. 이러한 관계의 패턴이 지금까지 반복되는 것을 보면, 우리가 허니문을 가는 이유는 앞으로 펼쳐질 부부 관계의 명과 암을 체험해 보라는 인생 선배들의 깊은 혜안이 아닐까도 싶다.

어찌되었건, 그때의 허니문은 나에게 두 가지를 일깨워 주었다.

허니문, 서로를 공부하기 위해 떠나는 여행: 스위스, 이탈리아

진정한 대화는 사람을 움직인다. "여기 참 예쁘다.",
"이것 참 맛있다." 이런 얘기들이 그곳으로 당신을
데려온 상대방에게 얼마나 큰 보상이 되는지.

하나는 내가 남들의 기분을 좋게 하고 남들을 만족시키는 것에서 내 보람을 찾는다는 것. 그래서 아이나 친구, 선배 모두 나에게 여행지나 맛집 정보를 물어와 번거롭기도 하지만 그래도 괜찮다. 내 추천으로 남들이 만족한다면 나도 무척 기쁘다.

두 번째는, 상대방의 눈치를 살피는 것이 그렇게 나쁜 행동은 아니라는 점이다. 진료도 해보고 주변 사례도 살펴보니, 너무 눈치를 살피지 않아서 문제가 되는 경우가 더 많았다. '상대방이 어떻게 생각하든 난 내가 하고 싶은 대로 한다.' 사실 이런 태도일 때 문제가 되는 경우가 허다하고, 부부 관계에서도 이것이 가장 큰 이슈다. 가끔은 저 사람이 뭘 생각하는지, 내 이런 말과 행동을 어떻게 받아들일지, 오늘 저 사람은 왜 그렇게 울적해 보이는지, 그런 염려도 하면서 살아야 하지 않을까. 어차피 같이 사는 거라면 적당히 서로 눈치를 보면서 살아야 공존할 수 있지 않을까 싶다. 그래서 난 피곤하지만 눈치 보는 내 태도를 그냥 유지하기로 했다. 기왕 타고난 내 기질이니 원한다고 바꿀 수도 있는 것도 아니고 말이다.

아는 만큼 보인다

¶ "공부 열심히 하면 우울증에서 벗어날 수 있나요?"

허니문, 서로를 공부하기 위해 떠나는 여행: 스위스, 이탈리아

"책 많이 읽으면 감정조절에 도움이 될까요?"

"지식이 있는 사람보다는 지혜로운 사람이 되어라'라거나 '아는 것 만 많은 것보다는 현명한 사람이 되어야 한다'는 말을 듣고는 하는 데, 지혜나 현명함이 공부로 쌓일 수 있는 걸까요?"

요즘은 머리에 뭐가 많이 들어도 제대로 사회생활이나 대 인관계를 이끌어 가지 못하는 사람들이 많다. 아는 것은 많은 데 현명하게 살지를 못하는 것이다. 가방끈이 긴데도 잘 살아 가지 못하는 사람이 많다. 지식보다 지혜를 강조하는 위의 이 야기들은 쓸데없는 지식만 가득한 사람들을 비판하는 이야 기인 것 같다. 우리 선조들은 평생 배우며 살아야 한다고 강 조해 왔는데, 요즘은 '아등바등 공부하며 살아봐야 무슨 소용 이야, 어차피 써먹을 데도 없잖아. 공부가 밥 먹여 주는 것도 아니고' 이렇게 생각하며 사는 사람들도 많다.

이탈리아는 지식이 많이 필요한 여행지였다. 콜로세움을 위시하여 로마가 남겨 놓은 많은 문화재들을 관람하는 것이 주요한 일이었다. 로마에서도, 폼페이에서도, 피렌체에서도 그랬다. 보티첼리의 그림과 다빈치의 유물과 라파엘로의 유 산을 더 잘 관람하기 위해서는 지식이 필요했다. 혼자 방대한 지식을 미리 습득하여 아내에게 알려줄 수는 없는 일이었다. 현지 가이드 투어를 신청했다. 많은 유물과 유산에 대하여 백그라운드 지식이 없으면 무용지물이라 생각했기에 나보다 더 잘 아는 사람들의 도움을 받기로 한 것이었다.

허니문은 대체로 나의 예상대로 진행이 되었지만 하나 크게 빗나간 것이 있었는데, 그것은 바로 체력도 골골한 아내가 로마의 가이드 투어에 매우 관심을 보였다는 사실이었다. 아내는 '신체의 경험'보다는 '두뇌의 경험'에 더 만족을 느끼는 사람이었다. 나 역시 카이사르의 이야기, 레오나르도 다 빈치의 생애, 미켈란젤로의 고집과 같은 가이드의 안내를 들으며 로마의 풍경과 유산이 춤을 추는 듯한 느낌을 받았다. 가이드의 적절한 안내와 흥미를 돋우는 설명들은 내 앞의 콜로세움

아는 만큼 보인다는 말을 숱하게 들어왔지만, 예전에는 여행길에서 굳이 알아야 할 필요를 느끼지 못했다. 로마는 그걸 일깨워 준 도시였다.

허니문, 서로를 공부하기 위해 떠나는 여행: 스위스, 이탈리아

에 더 몰두할 수 있게 만들어 주었다. 아는 만큼 보인다는 말을 숱하게 들어왔지만, 예전에는 여행길에서 굳이 알아야 할 필요를 느끼지 못했다. 로마는 그걸 일깨워 준 도시였다.

돌아오는 비행기에서 아내는 이번 여행을 돌이켜볼 때, 경치와 풍경과 유적보다는 '서사'가 가장 기억에 남는다고 했다. 로마 제국과 카이사르의 스토리. 아내는 먼 훗날 여행지의 유적과 풍경은 기억이 날지 모르겠지만, 로마의 공기와 스토리는 평생 기억날 것 같다는 얘기도 했다. 도시에 대해 배우고 알게 된 지식과 스토리가 하나의 도시와 여행의 추억을 결정짓는 핵심적인 작용을 하게 된 것이다. 문득 그 옛날 경주 수학여행이 생각났다. 불국사가 왜, 석굴암이 왜 그리 대단한 것인지 그때는 알지도 못했고 굳이 알고 싶지도 않았다. 하지만 이제는 다르다. 알아야 그게 얼마나 대단한 것인지를 깨달을 수 있기 때문에 이제는 되도록이면 알고 싶다. 그래서 이제는 여행을 가고 미술관엘 가도 공부를 하고 가거나 가이드 MP3 파일을 듣는다. 알아야 제대로 느낄 수 있기 때문이다.

서점에 가면 수많은 자기계발서들이 있다. 거기에 나오는 내용들이 불변의 지식이라 할 수는 없더라도, 그 내용들은 적어도 그 책을 쓴 지은이들의 인생의 가치관이 담긴 나름의 소중한 지식들이라 할 수 있다. 그런 책들을 양껏 독파하는 사람은 더 마음 건강하게 살 수 있을까. 어떻게 살아야 잘 사는지에 대한 나름대로의 해답을 더 많이 공부한 사람들이 더 잘 산다고 단언할 수 있을까. 이 질문에 "예."라고 자신할 수는 없다. 그래서 지식 무용론, 자기계발서 무용론이 나오는 것인지도 모르겠다.

"행복하게 사는 법과 관련된 책을 많이 읽었는데 하나도 도움이 안 되던데요?"

"난 이 책대로 실천하는데 왜 성공하지 못하는 거지요?"

사람들의 불만이 가득하다. 하지만 그렇다고 해서 안다는 것의 중요성이 폄하되어서는 곤란하다. 역시나 모르는 것보다는 아는 것이 낫기 때문이다. 상담을 하면서 가급적 뻔한 얘기들은 안 하려고 노력하는 편이지만, 어떠한 분들은 지극히 당연한 얘기도 처음 듣는 얘기라면서 좋은 것을 알려줘서 고맙다고 말씀하신다. 가령 "운동을 많이 하세요.", "햇볕을 많이 쬐세요." 같은 얘기들은 너무 당연한 얘기라 가급적 안 하고 싶지만, 어떤 분들은 그러한 조언에도 처음 듣는 얘기라며 너무나 고마워한다. 선생님 말씀대로 많이 걷고 햇볕도 더 쬐려고 노력했더니 잠도 더 잘 오고 기분도 더 좋아졌다고 얘기한다. 난 너무 당연한 얘기라 하지 않으려 했던 말들이 이분에게는 더없이 중요한 지식이 된 거다. 나에게 당연한 것이 남들에게는 전혀 생소한 지식이 될 수 있다. 이렇게 모르는

허니문, 서로를 공부하기 위해 떠나는 여행: 스위스, 이탈리아

것을 배우면 그걸 행동으로 옮기고 현실을 더 나아지게 바꿀 수 있다.

사랑에도 학습이 필요하다

부모의 경우에도 마찬가지다. 대부분의 부모들이 아이를 건강하게 키우고 싶어 한다. 정신적으로 건강한 아이란 어떤 아이일까. 모르긴 해도 표정 밝고 행복해 보이며, 부모와의 관계도 양호하고 친구들과도 잘 지내는, 모나지 않은 아이일 것이다. 하지만 병원에는 주로 산만하고 우울하며 쉽게 불안해하고 남들과 잘 어울리지 못하는 아이들이 온다. 이런 아이들의 부모와 상담을 하면서 놀라는 것 중 하나는, 많은 부모에게 아이를 잘 키우는 법에 대한 지식이 턱없이 부족하다는 점이다. 이런 상황에서 어떻게 아이를 대해야 하는지, 어떠한 자세로 애들을 대해야 하는지, 성장에 따른 양육 방식의 변화를 어떻게 줘야 하는지에 대해서도 지식이 필요하다. 처음엔 나 역시 많은 부모들이 올바른 양육에 대한 지식은 잘 알고 있지만 막상 실천이 안 되는 것이 문제일 거라 생각했다. 애들에게 화내면 안 되는 것은 알지만 막상 그 상황이 되면 화가 절제가 안 되는 것일 거라 생각했다. 그런데 막상 보니 또 그렇지도 않았다. 많은 부모는 애한테 화내거나 윽박지르는 것을 당연하게 생각했다. "당연히 말 안 들으면 때릴 수도 있는 거 아닌가요?", "우리도 그렇게 컸는데 뭐 문제될 게 있나요?" 하며 오히려 황당하다는 표정을 지었다. 내가 아는 당연한 지식이 타인들에게는 보편적인 지식이 아니었다. 문제는 많은 부모가 자신은 충분히 알고 있다 생각해서 보편적인 지식이 무엇인지 알아보려 하지 않는다는 점이다. 양육에 대한 책을 한 권이라도 읽어보기만 했다면, 유명 양육 블로그나 카페를 부지런히 들여다보는 노력이라도 했다면, 과연 이 부모는 아이와 함께 병원을 오게 되었을까.

지식보다 지혜가 중요하다고 하지만 막상 이렇게 보면 최소한의 지식조차 부족한 사람들이 많다. 기본적인 지식이 부족한 사람이 지혜로운 사람이 될 수 있을까. 기본적 지혜와 소망을 갖추려면 어느 정도 지식은 필요하지 않을까. 책을 많이 읽은 사람과 그렇지 않은 사람 중 누가 더 삶에 대한 통찰이 깊을지 고르는 것은 어려운 일이 아닐 테다. 우리에겐 지식이 필요하다. 무언가를 아는 것은 더 나은 삶을 살기 위한 기본 재료가 될 수 있다. 행복하게 살기 위한 방법이 뭔지는 나도 아직 잘 모르겠지만, 적어도 행복에 관한 책들을 읽어보며 관련 지식을 쌓아온 사람이 더 행복하게 살 가능성이 높다고 볼 수 있다. 지혜는 원한다고 쌓을 수 있는 게 아니지

허니문, 서로를 공부하기 위해 떠나는 여행: 스위스, 이탈리아

지혜는 원한다고 쌓을 수 있는 게 아니지만, 지식은 우리가 원하는 만큼 채울 수 있다. 많이 알수록 느낄 수 있는 기회는 더 늘어난다.

만, 지식은 우리가 원하는 만큼 채울 수 있다. 많이 알수록 느낄 수 있는 기회는 더 늘어난다. 마치 콜로세움이나 석굴암처럼.

그래서 난 남은 시간을 어떻게 보내야 할지 모르는 사람들에게, 어떻게 시간을 효율적으로 보낼 수 있을지 고민하는 사람들에게 이렇게 얘기한다. 지식을 쌓으시라. 영어·수학에 관련된 지식이든, 음악·영화에 관련된 지식이든 다 괜찮다. 인생에 대한 지식은 여기저기 널려 있다. 지금 당장 써먹을 수 있는 자격증 시험과 관련된 지식이든, 언제 써먹을지도 모르고 당최 쓸데없어 보이는 지식들이든 다 쓸모가 있다. 책만으로 지식을 배우던 예전과 달리 우리의 지식 습득 방법도 한결 다양해졌다. 책을 읽기 싫으면 유튜브를 보거나 블로그를 보면 된다. 책만 찾는 행동도 고리타분한 세상이 되었다. 많은 문물을 활용하여 다양한 지식을 습득할 수 있는 기회가 더 많아졌는데 왜 누리려 하지 않는 것인가. 더 많이 알다 보면 나도 모르게 내 인생에 즉각적으로 도움이 될 수 있는 지식을 습득할 기회가 생기고, 계속 지식을 쌓아가다 보면 세상을 보는 내 눈도 더 뜨일 가능성이 높다. 일하고 쉬고 어울리는 중간중간 적절한 시간을 쪼개어 삶에 대한 내 잡다한 지식을 넓혀가는 것은 결국 내 생활을 더 풍요롭고 의미 있게 만들어 준다.

우리가 사는 세상은 우리가 모르는 것투성이다. 우리는 한 사람으로 태어나서 우리가 가진 한 직업군으로 살아가다가 그것을 훈장으로 삼아 숨을 거둔다. 나만 해도 정신과 전문의로서의 정체성 외에 다른 무슨 지식이 있겠는가. 태어나 숨을 거둘 때까지 내가 알아갈 세상의 지식들은 이 세상 전체 지식의 0.01퍼센트라도 될 수 있을지 모르겠다. 그래서 먼 훗날 세상을 다 보고 죽고 싶은 것처럼, 세상 모든 지식 중에 내가 모

허니문, 서로를 공부하기 위해 떠나는 여행: 스위스, 이탈리아

르는 것들을 알고 싶다는 욕망과 마주하게 되었다. 경제학이나 건축학 책도 재밌었다. 천체나 우주, 물리처럼 내가 알고 싶어도 당최 이해할 수 없는 정보 앞에서는 마음이 답답해졌다. 점점 아는 것이 즐거워졌다. 모르는 것들을 알아간다는 것에 대한 만족감이 생겼다. 하루는 컴맹인 내가 책과 유튜브를 보고 배우며 PC 포맷과 윈도우 깔기에 성공했는데, 그땐 정말이지 세상을 얻은 기분이었다. 못했던 것들을 하게 되는 것이 그렇게나 신나는 일일지 몰랐다. 내 보이지 않는 벽을 하나 깬 듯한 기분이었다.

그래서 '평생 배우며 살아야 한다'는 선조들의 말은 반은 맞고 반은 틀렸다. 평생 배우며 사는 건 좋은데, 그걸 의무감으로 하는 것은 그리 이상적이지는 않은 것 같다. 난 고등학교 때나 대학 때도 시험을 위해 의무적으로 하는 공부는 즐겁지 않았다. 아니 너무나 힘들었다. 하지만 지금처럼 누구에게 확인받으려 하는 게 아닌, 내가 좋아서 하는 책읽기는 즐겁다. 지식의 습득은 'must(반드시)'가 아니라 'want(원하다)' 혹은 'enjoy(즐기다)'가 되어야 한다고 말하고 싶다. 내가 모르는 것들을 새로 알게 되는 것에 대해서 충족감과 만족감을 느낀다면, 그 이후로는 배움은 고행이 아닌 즐거움이 될 수 있다.

오늘 하루를 의미 있게 만들고 싶다면 어떻게 하면 좋을까. 열심히 일을 한 하루나 열심히 즐긴 하루 모두 의미가 있을지 모르겠다. 하지만 일도 즐거움도 누리지 못했다고 해서 너무 슬퍼할 필요는 없다. 내가 이제까지 몰랐던 것들 중 하나를 알게 되었다면 그것만으로도 가치가 있다. 알게 된다는 것에 즐거움을 느낄 수 있다면, 그 중독성은 생각보다 강할 것이다.

알아간다는, 배운다는 것에 대한 만족감과 배고픔의 현장을 가보고 싶다면 근처 복지회관이나 도서관에 가보자. 거기서는 컴퓨터를 배우기 위해, 영어를 배우기 위해 삼삼오오 모인 어르신들을 많이 볼 수 있다. 그분들이 취업이나 경제적 목적을 위해 거기에서 외국어나 컴퓨터 프로그램들을 배울까. 아마 아닐 것이다. 그분들은 배운다는 것의 즐거움을, 모르는 것을 알아간다는 뿌듯함을 누리기 위하여 그 자리를 지키고 있는 것이다. 주어진 환경에서 시간을 허투루 쓰지 않기 위한 최선의 선택을 하는 것이다. 나이 들면 현명해진다는 말이 맞는지는 몰라도, 적어도 지식의 추구라는 측면에서 보면 틀린 말은 아닐 것 같다. 배우는 표정은 기쁨으로 가득하고, 잡담을 하거나 주의가 흐트러지는 사람도 찾아볼 수 없다. 집에 PC 한 대 없어도, 배운 영어 한 번 사용해 볼 기회가 없어도, 그 배움의 기회를 기꺼이 즐겁게 누린다. 우리가 그분들의 배움의 즐거움을 미리 좀 빌려올 수 있다면 오늘의 인생을 더 풍요롭게 만들 수 있지 않을까.

허니문, 서로를 공부하기 위해 떠나는 여행: 스위스, 이탈리아

하루하루 티끌만큼의 만족감도 느끼기 어려운 이 세상에서, 알아간다는 사소한 만족감이라도 느낄 수 있는 사람들이 더 많아지면 좋겠다.

06

평범함에도 노력이 필요하다

: 독일 바이에른 지방

준수함의 도시

특출나지도 않고 너무 처지지도 않는 애매한 포지션의 것
들에는 좀처럼 마음이 가지 않는다. 그게 사람이든 여행지든
간에. 독일이 나에게는 그랬다. 스위스처럼 압도적인 자연이
있는 것도 아니고, 이탈리아처럼 수많은 문화유산도, 프랑스
처럼 로맨틱한 분위기가 있는 것도 아닌 그저 그런 나라라는
느낌. 그래서 첫 배낭여행에서도 독일은 나에게 그리 큰 기억
으로 남지 않았다. 그런데 어떻게 친구와 오묘하게 사정이 맞

아 다시 그곳을 찾게 되었다.

내시경을 주로 하는 내과 전문의 죽마고우 녀석이 교통사고로 팔이 부러져서 당분간 출근을 못하게 되었다고 연락을 했다. 입이 닫힌 정신과 의사가 무용지물인 것처럼, 팔을 못쓰는 내과의사도 아무 소용이 없으니 병원에서 당분간 쉬라고 한 것이다. 어찌어찌 이야길하다가 '그럼 우리 여행이나한번 갈까' 하고 이상하게 분위기가 흘러갔다. 역시 장소 선정은 내 담당이었다. 여행사 땡처리 비행기표를 찾아보았다. 뮌헨 80만 원? 독일은 별로 재미없을 거 같은데. 하지만 겨울이었다. 겨울에 어딜 가든 재미가 있겠어? 징그러운 남자 둘이 가는데 독일에 가서 맥주나 실컷 마시고 오는 것도 좋겠다는 생각이 들었다. 친구도 유럽이 처음이라 그렇게 독일로 떠나기로 결정을 내렸다.

내가 계획을 짜는 여행이니 내 주관대로 다니고 싶었다. 하지만 이 친구, 친하긴 해도 뭔가 잘 맞지가 않았다. 힘든 것싫어하고, 미술이나 문화 활동에도 전혀 관심이 없으며 무엇보다 새로운 것을 추구하기보다는 익숙한 것들을 편안해했다. 같이 가도 괜찮을까? 적어도 아내와 함께 갈 때만큼 눈치보지 않을 수 있겠지. 나도 짜증나면 그냥 확 욕해버리고 소리 질러버리면 그만이다. 너와 맞지 않는 아주 고상한 여행을준비했노라 큰소리 쳐놓고 공항에서 친구를 맞이했다. 별 기대도 없었고 안 되면 따로 다니자 생각도 했다. 장소도 계절도 내 이상적인 여행과는 거리가 멀었다.

뜻밖이었다. 뮌헨 공항의 밤하늘은 폭설로 우리를 반기고 있었다. 어떤 나라에 도착해서 이렇게 눈으로 환대받은 것은 처음이었다. 사실 나이가 들면서 눈이 별로 반갑지가 않았다. 어릴 적 눈 내리는 하늘에 넋을 잃고 즐거워하며 눈밭을 뛰어다니고 눈싸움을 즐기던 동심은 이제는 없다. 눈이 내리면 주변 지저분해지고 치우기도 힘들며 넘어지기 십상인 데다 운전도 조심스럽다. 차라리 비가 낫다. 비는 모든 걸 깨끗이 씻어주지 않는가. 그래서 성인이 되고부터 눈이 즐겁지 않았다. 하지만 뮌헨의 눈은 그렇지가 않았다. 딱히 설명할 수는 없지

딱히 설명할 수는 없지만 이 시간 이 여행지에서 이 눈이 내리다니, 완벽한 합일을 이루는 것 같았다.

만 이 시간 이 여행지에서 이 눈이 내리다니, 완벽한 합일을 이루는 것 같았다. 끊기기 전의 밤 지하철을 타고 숙소로 이동하던 시간, 펄펄 내리는 눈 속에서 애써 캐리어를 끌던 기억, 길을 몰라도 물어볼 사람 하나 없던 그 한적한 동네의 온도와 조명, 그리고 애써 찾아간 호텔 벽에 걸려 있던, 물론 모조품이지만 레오나르도 다 빈치의 자화상까지. 뭔가 내 예상과는 반대로 여행이 진행될 조짐을 보이고 있었다.

친구 녀석의 반응도 내 예측과는 영 다르게 흘러갔다. 여행지는 맘에 들고 식사는 훌륭하며 맥주는 환상이라고 연일 감탄을 금치 못하는 녀석을 보면서, 내 준비가 그토록 완벽했던 것인지 아니면 유럽이 처음인 이 녀석이 그저 모든 것에 감탄을 하는 건지 헷갈릴 지경이었다. 어쨌거나 난 편해졌다. 어딜 가도 만족하고 즐거워하니 마치 마이다스의 손이 따로 없었다. 내 눈치를 보는 건가? 그럴 녀석은 아니다. 뭔가 조금이라도 맘에 안 들면 징징거리는 게 당연한 애인데. 군말 없이 다녀주니 내 맘대로 보고 싶은 것 보고 가고 싶은 곳 가는 편한 일정이 계속되었다. 공유해 온 시간의 길이가 사람 관계의 깊이를 결정하는 것만은 아니라는 생각이 들었다. 내가 이 친구랑 그리 오래 만나왔어도 이 친구를 잘 몰랐구나 하는 생각이 들었다. 역시 무인도에 갇혀봐야 서로의 진면목을 알게 되는 건지도 모르겠다. 25년 이상의 세월을 공유한 친구라도 내가 모르는 부분이 많이 있는 걸 보면 공유한 시간의 양보단 질이 더 중요하다는 생각이 들었다.

공유해 온 시간의 길이가 사람 관계의 깊이를 결정하는 것만은 아니라는 생각이 들었다. 25년 이상의 세월을 공유한 친구라도 내가 모르는 부분이 많이 있는 걸 보면 공유한 시간의 양보단 질이 더 중요하다는 생각이 들었다.

사실 친구 관계에 대해서 난 나름의 가치관을 지녀왔다. 나에게 있어서 대인 관계란 항상 현재진행형이었다. 지금 내 앞에서 나와 즐거움을 나누는 이 사람이 나에겐 가장 소중한 사람이었다. 그러다 보니 고향을 떠나오고 학교를 졸업하고 직장을 바꾸고 하면서 나와 가장 가까운 사람들은 항상 바뀌었다. 무조건 현재가 중요했다. 10~20년 동안 만나지도 않았던 이들이 갑자기 모여서 서로 "친구야!" 하며 반가워하는 광경이 나에겐 이해가 가질 않았다. 동창회라는 것도 인위적인 친구 만들기의 연장선 같다고 여겨졌다. 어차피 내가 보고 싶다고 불러내도 나오지도 못할, 가정이 중요하고 일이 바쁜 사람들이 날을 잡아 인위적인 관계를 유지하는 게 무슨 소용이 있나 생각했다. 1년에 한 번 보는 30년 된 친구보다는 만난 지한 달 된, 자주 등산하며 차 마시는 친구가 더 가깝게 여겨진다는 것이다. 사실 이런 마인드는 아직도 크게 바뀌지는 않았다. 그래서 아직도 내 친구들은 왜 이렇게 동창회에 안 나오냐고 원성이다. 사람이 다 다른 걸 어떡하겠나. 굳이 동창회 안 나가도 만나서 밥 먹고 맥주 한잔 하고 같이 등산할 친구가 있기에 아쉽지는 않은 것 같다. 맘에 안 드는 사람에게 스트레스 받으면 일단 피하고 보는 내 성격 탓도 있겠지만 말이다. 그러다 보니 사람 때문에 스트레스 받는 환자들에게도 가장 많이 하게 되는 말이 "일단 거리를 두세요."이다. 당신이그 사람을 바꿀 수도 없고 그 사람도 당신을 배려할 일이 없으니 일단 안전거리를 확보하라는 얘기다. 하지만 이 거리두기, 참 쉽지가 않다. 항상 마주치는 직장 상사나 배우자, 시부모와 안전거리를 확보하며 사는 게 과연 쉬운 일이겠는가. 난보호막을 치고 살고 싶어도 상대방은 항상 울타리를 넘어온다. 코로나 덕분에 거리두기가 쉬워진 것이 코로나19 사태의유일한 장점일는지 모른다. 스트레스 주는 사람들과의 거리

평범함에도 노력이 필요하다: 독일 바이에른 지방

두기는 이렇게 만만치가 않다.

하루의 끝은 항상 뮌헨 도처에 깔려 있는 호프집에서 마무리했다. 그날의 여정을 마무리하고 기억나는 순간들을 돌이키기에 한잔 맥주를 곁들이는 것만큼 좋은 일은 없었다. 술과 관련하여 흥미롭게 관찰한 사실 중 하나는, 이 동네 사람들은 맥주 1000cc 한잔을 시켜두고, 안주도 없이 서너 시간씩 담소를 나누며 즐긴다는 점이다. 공격적으로 술을 마시며 때로는 술보다 안주에 집착하는 우리와는 너무나 다른 모습이었다. 그러고 보니 예전에 이태원에서도 외국인 5~6명이 경리단길 언덕 편의점에서 맥주 한 캔을 앞에 두고 밤새도록 담소를 나누는 모습을 본 적이 있다. 그 흔한 새우깡도 없었다. 그들에게는 대화가 술이요, 맥주 캔은 들러리였다. 뭐가 그렇게 할 말이 많은 것일까. 취하지도 않고 안주도 안 먹으니 경제적일 것 같기도 하다. 취하기 위해 술잔으로 달려드는 우리들의 모습과 비교가 되기도 하고, 암튼 저런 음주 문화가 필요하다는 생각을 지울 수 없었다.

이상하게 알코올은 사람을 더 릴랙스 시키고 마음속의 말들을 내뱉게 해준다. 우리도 처음에는 하루를 마무리할 겸 여행의 인상을 주제로 대화를 나누었지만, 술이 한두 잔 들어가면서 부모 얘기, 아내 얘기가 나오기 시작해 이런저런 현실의 고민거리를 나누었다. 알코올의존과 그렇지 않은 사람을 나누는 기준 중 중요한 것 하나는, 혼자 하는 음주 자리를 얼마나 즐기느냐인 것 같다. 술 자체를 사랑한다면 나 혼자 집에서도 술을 즐길 수 있을 것이다. 하지만 많은 사람들은 술자리에서 나누는 진솔한 얘기들을 더 사랑할 것이다. 술을 촉매로 내 마음의 얘기들을 더 내뱉게 된다. 취중진담, 평소엔 잘 하지 않는 내 생각과 감정을 술이라는 촉매를 사용해 표현하는 것이다. 그러므로 대화 나누지 않는 외로운 술자리에 관심이 없다면, 당신의 알코올의존 가능성은 그만큼 낮아질 수 있다. 하지만 아무튼 그때 우리는 그 술자리를 사랑했다. 그 쌉싸름한 맛과 대화를 사랑했다. 이런 분위기, 이런 장소에서 하루를 마감할 수 있음에 감사했다. 맥주 한잔에 서너 시간 대화 나누는 뮌헨 사람들을 따라하느라 딱히 한국에서처럼 취할 일도 없었다.

독일 바이에른 지방의 대표 도시는 뮌헨이지만, 뉘른베르크와 밤베르크, 오스트리아 잘스부르크 등도 다 바이에른에 속하는 도시들이다. 이런 소도시들도 둘러보게 되었다. 그러다 보니 내가 과거 배낭여행에서 독일이 딱히 인상적이지 않았던 이유가 이런 소도시들을 안 가봤기 때문이라는 걸 알게 되었다. 고풍스러움이 넘친다는 게 이런 분위기를 말하는 것일까. 애매한 포지션의 국가라 생각했는데, 다시 보니 모든 것을 가지고 있다는 생각이 들었다. 뭐 하나 특출날 것이 없

평범함에도 노력이 필요하다: 독일 바이에른 지방

압도적이진 않더라도 자연, 문화, 사람 모든 것들이 준수하다는 생각이 들었다. 어느 정도 지적이면서도 유머도 있고 배려심도 많은, 모든 면에서 균형 잡힌 사람. 바이에른이 그런 이미지로 다가오는 순간이었다.

다고 느꼈는데, 다시 보니 압도적이진 않더라도 자연, 문화, 사람 모든 것들이 준수하다는 생각이 들었다. 어느 정도 지적이면서도 유머도 있고 배려심도 많은, 모든 면에서 균형 잡힌 사람. 이 독일 바이에른 지방이 그런 사람의 이미지로 다시 다가오는 순간이었다.

그리고 무엇보다 중요한 것은 당시가 크리스마스를 일주일 앞둔 시기였다는 점이다. 유럽 주요 나라는 크리스마스 마켓이라는 게 있어서 크리스마스 한 달 전부터 도시마다 압도적인 규모의 마켓을 연다. 겨울의 유럽은 함부로 갈 곳이 아니라는 생각을 했었는데 내리는 눈, 마켓에서 들려오는 오르골 찬송가, 사람들이 삼삼오오 웃는 모습, 차가운 공기까지, 이렇게 비율이 꽉 찬 로맨틱이라는 것을 이곳에서 느끼게 될 줄은 상상하지 못했다. 뉘른베르크의 크리스마스 마켓에서 눈을 맞으며 글루바인이라고 부르는 데운 포도주로 추위를 녹이면서, 친구 녀석과 난 이 로맨틱한 분위기에 왜 우리 징그러운 남자 둘이 있어야 하냐 몸서리쳤다. 다음에는 꼭 부부 동반으로 오자고 약속을 했다. 지켜지지 못할 약속임을 잘 알면서.

우리에겐 설명하기도 납득 시키기도 힘든 이런 특별한 경험을 공유할 수 있는 관계가 얼마나 될까. 그런 사람들이 많

내리는 눈, 마켓에서 들려오는 오르골 찬송가, 사람들이 삼삼오오 웃는 모습, 차가운 공기까지, 이렇게 비율이 꽉 찬 로맨틱이라는 것을 이곳에서 느끼게 될 줄은 상상하지 못했다.

평범함에도 노력이 필요하다: 독일 바이에른 지방

은 인생은 부러운 인생임에 틀림없다. 서로가 공유하는 이런 특별한 기억들은 관계를 더 깊게 만들고, 비록 십 년 이십 년 못 본다 하더라도 다시 만나면 그때 그 기억을 촉매로 다시 예전의 관계로 돌아갈 수 있게 한다. 그렇게 본다면 대인 관계에 대한 내 주관이 틀린 것일지도 모르겠다. 지금 내가 만나는 사람들과 이런 기억을 공유하기엔 아무래도 부족할 수밖에 없을 것이다. 내가 너무 현재에만 충실한 걸까. 같은 과거를 공유하는 사람들의 가치를 너무 폄하하는 것일까. 그렇지만 내가 소중하게 여기는 과거를 정작 상대방은 기억조차 못하고 있을 수도 있지 않겠는가. 그렇다면 오래 되었다고 해서 그 친구와 내가 더 많은 추억을 공유한다고 얘기할 수는 없지 않을까? 반대로 지금 내 눈앞에 있는 사람들과도 이런 추억들을 공유할 기회가 있지 않을까. 뭔가 생각이 복잡해지는 밤이다.

어쨌든 그 친구와 난 지금은 서로 떨어져 살고 있어 잘은 못 보지만, 가끔 고향에 내려가면 한번씩 만난다. 어쩌다 독일 얘기가 튀어나오면 그 추억을 오징어 씹듯 안주 삼으며 취해간다. 빡빡한 현실에 '그때가 그립다' 얘기하면서도 정작 옆에 앉은 배우자의 눈을 바라보며, 다음에는 꼭 당신과 같이 가고 싶다고 얘기한다. 하지만 사실은 조용히 둘만 가야 그때의 감흥을 다시 느낄 수 있음을 우리는 알고 있다.

가족이란 울타리에서 만들어지는 나

¶ "저는요, 내가 이렇게 우울하게 사는 게 다 엄마 아빠 때문인 것 같아요. 부모가 날 좀 더 이해해 주고 쓰다듬어 줬다면 지금의 내가 이렇게 우울하게 살지는 않을 것 같아서요. 내가 과거에서 벗어날 수 있는 방법은 없을까요? 난 현재를 살고 있는데… 왜 난 아직 과거에서 벗어나지 못하는 걸까요?"

뮌헨에서 좋은 기억이 많지만 아직도 나의 뇌리에 강하게 남아 있는 하나의 기억을 소개하고자 한다.

뮌헨으로 출발하기 전 가볼 만한 곳들을 알아보던 중 우연히 오페라하우스가 있다는 사실을 알게 되었고, 뮌헨 체류기간 동안 모차르트의 〈마술피리〉가 공연되는 것을 알게 되었다. 난 클래식 애호가도 아니고 오페라도 잘 모르지만 마술피리의 몇몇 유명한 아리아는 알기에 공연을 보고 싶은 생각이 들었다. 맨 뒷자리의 입석을 값싸게 예매했는데, 문득 이 친구 놈이 걱정이었다. 주구장창 가요 TOP 100만 듣는 녀석이었다. 출발 전엔 굳이 얘기해야 될 필요를 못 느껴서 뮌헨 도착 후 공연 전날이 되어서야 사실 내일 오페라하우스 모차르트 공연을 예약했음을 털어놓았다. 근데 반응이 내 예상과 달랐다. "그래? 그럼 가보지, 뭐." 그 시간에 술이나 마시러 가자

날 오페라하우스에서 그 녀석을 보면서, 수백 수천 명의 환자들을 보는 것보다 더 큰 깨달음을 얻었다. 확실히 '과거가 사람을 만든다'는 것을. 자연스럽게 가정의 공기가 자녀들을 빚어 나가는 것임을.

할 줄 알았는데, 이건 또 뭐지.

공연이 시작되었다. 자막도 별로 없다. 미리 인터넷으로 찾아본 마술피리의 줄거리를 가지고 대충 돌아가는 분위기를 추측할 뿐이다. 아리아 〈밤의 여왕〉은 듣던 만큼 압도적이었다. 근데 더 놀라운 것은 내 옆에 있는 이 녀석이 나만큼이나, 아니 나보다 더 오페라에 몰입을 하는 것이었다. 분명 졸 줄 알았는데 의외였다. 1부가 끝난 뒤에는 아리아와 오페라의 스토리에 대해 서로 열변을 토한 후 2부마저 만족스럽게 관람했다. 뿌듯한 마음으로 호프하우스에서 맥주 한잔에 하루를 마무리하며, 생각보다 열심히 오페라를 관람하는 친구 모습에 적잖이 놀랐음을 얘기했다. 그러자 친구가 자신의 사연을 얘기해 준다.

"어릴 적 우리 삼형제가 학교에 다녀오면 매일 엄마가 클래식 음악을 틀어놓고 책을 읽고 있었지. 집에 가서 쉬거나 놀고 싶은데 엄마가 그러고 있으니 우리도 책을 읽지 않을 수 없었어. 맏이인 내가 동생들을 다독여서 삼형제 모두 엄마 따라서 책을 읽었지. 거실에는 클래식 음악이 흘러나오고. 그때 여러 가지 클래식 음악을 들었던 기억이 나는데, 오늘 나오는 음악도 그때 들어서 기억이 나더군. 오페라를 보면서 옛날 생각에 빠졌지 뭐냐. 클래식 음악 오랜만에 들어보는데 들을 만하네."

아, 그렇구나. 이런 사연이 있었구나. 그렇게 자연스럽게 책과 음악과 가까이 지낼 수 있도록 어머니가 틀을 만들어 온 것이구나. 현명한 어머니시겠지? 문득 나의 어린 시절이 떠올랐다. 난 왜 열심히 공부해 온 것일까. 이 친구와 약간은 다른데, 첫 번째는 내가 자존감이 별로 안 높아서 성적을 높이는 것 외에는 자존감을 높일 방법이 별로 없었다는 것, 그리고 둘째는 우리 엄마 아빠가 워낙 많이 싸웠는데 내가 성적을 잘 받아가면 그나마 얼마 동안은 가정에 평화가 찾아왔기 때문? 물론 가끔 일등 하면 사주셨던 돈가스와 치킨의 유혹도 있었겠지만. 암튼 고상한 클래식으로 유도하든 불안으로 위

평범함에도 노력이 필요하다: 독일 바이에른 지방

협하든 둘 다 가정의 절대적 영향을 받으면서 공부해 온 것임을 부인할 수는 없으리라.

레지던트 때도 그렇게 소아정신과 공부를 많이 하고 심지어 제대 후 소아정신과 전임의까지 수료했음에도 불구하고, 나의 마음속 한편에는 부모와 과거가 어떻게 사람을 만들어 가는지에 대한 확신이 강하게 자리 잡지는 못하고 있었다. 그런데 그날 오페라하우스에서 그 녀석을 보면서, 수백 수천 명의 환자들을 보는 것보다 더 큰 깨달음을 얻은 것이었다. 과거가 사람을 만든다는 것을. 자연스럽게 가정의 공기가 자녀들을 빚어 나가는 것임을. 어떤 연금술을 부모가 취하느냐에 따라 자녀의 모습이 결정되는 것임을.

내가 공부를 한 것은 가정이 해체될 것에 대한 불안의 표현일 수도 있었겠지만, 기본적으로 우리 부모님 특히 아버지는 나에게 무척이나 억압적이었다. 놀자고 찾아오는 친구들을 쫓아내고, 시험기간에는 밤 12시 이전에 자면 얻어맞기도 하고, 성적이 조금이라도 떨어지면 집에 난리가 나던 그때. 아버지는 나의 공포와 불안을 키워 날 공부하게 만들었다. 결국엔 그 보상이라는 것을 어느 정도 받기는 했지만, 난 불안한 사람이 되고 말았다. 지나치게 걱정하고 잡생각이 많으며 스트레스에 취약한 사람. 맘 편하게 잠 잘 못 자는 그런 불안한 사람 말이다. 물론 불안이라는 게 항상 나쁜 것은 아니지만 어찌되었던 지금 나는 내 어린 시절의 그러한 경험이 날 불안하게 만든 것임을 잘 알고 있다.

가끔은 정신과 의사가 탐정 같다는 생각을 한다. 여러 가지 증상을 가지고 어떤 진단명에 부합하는지를 추측하는 것도 탐정에 가까운 것이고, 무엇보다 과거 이 사람의 경험이 어떻게 현재의 이 사람을 만들었는지에 대해 스토리를 만들어가고 그것에 적용시켜 보는 작업들도 탐정과 닮았다. 소아정신과를 오래 공부하지는 않았지만 그래도 그 시간이 헛되지 않았다고 생각하는 이유는, 이런 스토리텔링의 기술을 그 시간을 통해서 좀 더 연마할 수 있었다는 점 때문이다. 사람들의 과거를 들으면 왜 이 사람이 지금 이렇게 살고 있는지에 대한 어느 정도의 대답이 나온다. 나도 상대방도 납득할 수 있는 대답 말이다. 그 대답을 찾기 위해 오늘도 당신과 내가 이렇게 대화를 나누고 있다. 그냥 "불안하니 약 드세요."라는 단순한 처방을 내리기 전에, 어릴 적 어떻게 살았고 부모님은 어땠고 하는 질문들 속에서 말이다.

이렇게 과거를 추적하는 과정에서 부모의 사랑을 느끼기도, 부모를 증오하기도 한다. 앞에서 언급한 나를 억압한 아버지 얘기를 떠올려 보면 내가 아버질 미워하는 게 당연할 것 같다. 날 불안하게 만든 게 아버지니까. 하지만 꼭 그렇지는 않다. 자식을 원하는 방향으로 키우기 위해 억압하는 방법밖에는 몰랐던 것이다. 요즘처럼 애착으로 아이를 키우라는 지식조차 없었던 세상이었지 않은가. 무엇보다 아버지를 이해할 수 있었던 큰 요인은 바로 나에 대한 애정과 사랑을 느낄 수 있었던 시간이 많았기 때문이다. 고리타분한 이야기가 될 수도 있겠지만 아버지는 날 사랑해서 날 억압했다. 사랑해서 헤어진다는 얘기만큼 말도 안 되는 얘기라 할 수 있겠지만, 적어도 그러한 사랑을 느낄 기회가 내겐 수없이 많았다. 날 걱정하고, 날 자랑스러워하고, 날 아끼는 마음과 모습들을 그만큼 많이 보아왔기 때문에 지금의 난 그때의 아버지의 매가 사랑의 매라는 것을 여러 맥락을 통하여 분명히 이해하는 것이다. 그래서 요즘 허약한 아버지를 보면 증오보단 측은함과 고마움, 희생에 대한 감사의 마음이 먼저 떠오른다.

　내가 고등학교에 들어갈 때까지는 딴 애들도 나처럼 12시 이전에 자면 부모한테 혼나는 걸로 알았다. 근데 학교를 들어가 남들 얘기를 들어보니 그렇지 않아서 충격이었다. 속은 기분도 들었다. 근데 생각해보니 다들 자기 환경 속에서만 살지 않는가. 남의 집이 어떻고 어떤 분위기인지는 알 수 없다. 우리 집이 나에게는 내 모든 세상이다. 그렇게 졸업하고 성인이 되어서도 변함없이 우리는 절대적으로 부모의 영향을 받으며 살게 된다. 40~50대가 되어도 심지어 늙어 죽을 때까지도 우린 우릴 낳아 길러준 부모의 영향 아래에서 살게 된다.

우리 안엔 태어나는 나와 양육되는 내가 있다

정신과 의사로서 나를 찾아온 사람들의 살아온 경험과 삶의 과정을 듣게 되는데, 이것은 어찌 보면 엄청난 특권이다. 환자들은 병원을 찾아가서 자기의 눈이나 코나 목, 피부를 보여주지 내가 살아온 길을 보여주지는 않기 때문이다. 그렇기 때문에 집중하면서, 때론 일부 부담감을 가지고 들어야 할 필요가 있다. 삶의 무게를 내 앞에서 털어놓는데 정신을 딴 데 팔 수는 없지 않은가. 들어보면 온갖 절절한 사연들이 있다. 이 사람의 생애와 저 사람의 생애, 모든 사람의 살아온 발자취를 듣는 것은 마치 잘 쓰여진 소설책을 쉬지 않고 연달아 읽어 나가는 것 같은 느낌이다.

세상에 이렇게 힘든 사람들이 많을 줄 몰랐다. 세상에 이렇게 나쁜 부모가 많은 줄도 몰랐다. 내가 내 부모를 사랑하고 이해하게 된 것도 어찌 보면 이렇게 반대편 선상에 서 있는 여러 부모의 모습을 그만큼 많이 봐왔기 때문일 수도 있다. 공부 안 하고 일찍 잔다고 혼난 것은 큰일도 아니더라. 존중과 사랑이 결여되어 있는, 무책임하게 낳아서 마음대로 키우는 부모의 모습도 많이 봤다. 요즘 젊은 사람들이 '책임질 자신이 없어서 애를 못 낳는다'고 하면 기성세대들은 '그래도 애는 낳아야지' 타박하기도 한다. 적어도 난 그런 무책임한

권유에는 동의할 수 없다. 그 누구보다도 내 진료실과 일상에서 준비 안 된 양육을 하는 부모들을 너무 많이 봐왔기 때문이다. 경제적 자립이 안 되어 애를 못 갖는다는 사람들도 많다. 하지만 내 생각에 가진 것이 없어 풍족하게 자라지 못하는 아이라도, 부모의 사랑만 있다면 누구보다 행복하게 살 수 있다.

그렇게 보면 어떤 부모에게서 태어나느냐 하는 것은 인생을 결정짓는 중요한 문제다. 하지만 이것을 우리가 선택할 수는 없는 것이기 때문에, 그야말로 이는 복불복이 된다. 금수저 집안에서 태어나서 평생 돈 걱정 없이 살아가는 사람들을 우리는 부러워한다. 하지만 다르게 보면, 자녀에 대한 사랑과 존중을 가지고 애착이 넘치도록 아이를 키워내는 가정에서 태어난 아이야말로 금수저가 아닌 다이아몬드 수저라고 말할 수 있지 않을까? 돈이 많기 때문에 건강하고 행복하게 살 확률이 높을 수도 있지만, 삶 전체를 본다면 마음이 건강한 부모 밑에서 자란 아이들이 훨씬 더 나은 삶을 만들어갈 가능성이 높기 때문이다. 이렇게 자란 아이들은 심지어 자신이 부모가 되어서도 자기 자녀들을 더 잘 키울 수 있다. 내 부모가 나에게 했던 것처럼 하면 되니까 말이다. 이들은 남들처럼 양육의 기술을 배울 필요가 없다. 그 태도와 노하우가 그대로 나에게 녹아 있기에, 받은 그대로 베풀면 된다. 만일 가진 것 별로 없는 집안에서 태어났다 하더라도 이런 부모를 두고 있다면, 굳이 금수저 집안 안 부러워해도 된다. 반대로 금수저 은수저 집안에서 당신을 부러워해야 할 것이다.

부모를 선택할 수는 없다. 그것은 하늘에서 점지해 준 것이다. 어떤 부모를 만났느냐가 내 삶에 지대한 영향을 미친다. 그게 좋은 부모이든 나쁜 부모이든 마찬가지다. 하지만 여기서 중요한 것이 하나 있다. 우리가 부모를 선택할 수는 없지만, '내가 어떤 부모가 될 것인가'는 선택할 수 있다는 점이다. 이상적이지 못한 부모를 두었다고 나도 이상적이지 못한 부모가 되는 것은 아니다. 물론 스타트라인은 다를 수 있다. 좋은 부모를 가진 사람이 아무래도 좋은 부모가 되기는 더 쉽다. 하지만 어떤 부모가 되는가는 자신의 노력에 달려 있다. 나의 과거, 나의 삶을 극복하는 것은 불가능한 일이 아니다. 내가 노력하면 가능하다. 다행히 요즘 부모들은 더 좋은 부모가 되기 위한 여러 가지 노력들을 많이 하는 것 같다. 책도 읽고 관련 텔레비전 프로그램도 보며 공부나 토론도 한다. 지식의 습득과 개인적인 노력을 발판삼아 더 나은 부모가 되기 위해 애쓰는 것이다. 이런 강한 의지만 있다면 누구나 과거를 극복할 수 있다. 요즘은 아이에게 너무 화를 많이 낸다고, 아이에게 화 내지 않게 해달라고 병원을 찾는 부모들도 많이 있다. 옛날 같으면 내 아이한테 내가 화내는 게 뭐가 잘

평범함에도 노력이 필요하다: 독일 바이에른 지방

우리가 부모를 선택할 수는 없지만, '내가 어떤 부모가 될 것인가'는 선택할 수 있다. 내가 어떤 부모가 되는가는 자신의 노력에 달려 있다.

못된 거냐고 오히려 따지고 들었을 거다. 그렇게 부모의 인식이 많이 바뀌고 있다.

우울한 부모는 우울한 아이를 키우고, 그 아이가 또 우울한 부모가 되어 우울한 아이를 키운다. 잘못된 양육과 부모-자녀 관계는 이렇게 대를 이어서 전파된다. 알코올의존 부모에게 길러진 아이가 부모의 술 문제를 그토록 증오하면서도, 점점 자기도 모르는 채 술에 취하는 날이 많아지고 내 아이와 배우자에게 폭언·폭행을 퍼붓는다. 당신의 부모도 당신이 그렇게 힘들게 살기를 바라진 않았을 것이다. 자식이 힘들어지길 바라는 부모는 없다. 나도 내 자녀가 힘들어지길 원치 않는다. 그들은 행복하면 좋겠다. 이 굴레를 끊어야 하지 않겠는가. 누가 끊을 것인가. 내가 끊어야 한다. 악연은 내 앞에서 끝내고 아이들에게 더 나은 미래를 선사해야 한다.

내가 좋은 부모를 두었다면 그들에게 효도하는 것도 물론 중요하겠지만, 그 애정을 내 자녀에게 아낌없이 쏟아붓는 것이야말로 우리 부모가 바라는 점일 것이다. 내가 힘든 부모 밑에서 자랐다면 난 우산이 되어 내 아이들이 비를 피하고 쉬어갈 수 있는 존재가 되도록 더 애를 써야 할 것이다. 그리고 내 부모를 용서하고 화해하는 일 역시 할 수 있다면 좋겠지만 쉽지가 않다. 일단은 나의 안전거리를 확보하고 나와 가족들의 안위를 살피며 내 소중한 사람들에게 더 집중할 수 있는 환경을 만들어야 한다.

　나의 과거는 힘들었지만, 난 소중한 사람이다.

　내 주변의 모든 사람들이 나에게 그렇게 말하고 있지 않은가.

07

너무 고독해서, 함께하는 방법을 알게 하는 곳

: 아일랜드

외로움이란 그렇게 만만하지 않은 것

　내 첫 유럽 배낭여행을 이끌었던 가이드 형과는 당시 참 많은 대화를 나누었다. 주로 록 음악 얘기와 여행 얘기를 많이 했던 것 같다. 베니스 산마르코 광장(Piazza San Marco)에서 기타 치며 노래 부르면서 행인들의 동전도 구걸했던 즐거운 기억도 생생하다. 하지만 그중에서도 가장 강하게 기억에 남은 대화가 있다.

　"형은 여행 많이 다녔잖아요. 어디가 제일 기억에 남아요?"

"음… 난 아일랜드가 가장 기억에 남는 것 같은데?"

"아일랜드요? 섬이란 얘기잖아요. 어느 섬 얘기하는 거예요?"

"바보야. 아일랜드라는 나라가 있어. 영국 옆에 붙어 있는 섬나라이긴 하지."

"어… 근데 형은 그 생소한 나라가 왜 가장 좋았던 건가요?"

"글쎄다. 우리나라처럼 산이 별로 없는 대신 푸른 초원이 구불구불 거리며 끝없이 펼쳐져 있다고나 할까. 난 그런 광경은 살면서 별로 본 적이 없는데, 뭔가 되게 평화롭고 한적한 느낌이었어. 너도 가보면 좋아하게 될 거야."

"푸른 초원이 구불구불거리며 끝없이 펼쳐져 있다고나 할까. 난 그런 광경은 살면서 별로 본 적이 없는데, 되게 평화롭고 한적한 느낌이었어. 너도 가보면 좋아하게 될 거야."

너무 고독해서, 함께하는 방법을 알게 하는 곳: 아일랜드

아일랜드라. 그래서 그날 이후 아일랜드란 나라는 내 삶의 하나의 숙제가 되었다. U2나 엔야(Enya) 같은 뮤지션들이 모두 아일랜드 출신이고, 기네스 같은 맛난 맥주가 아일랜드 것임을 살면서 알게 되었다. 그곳에는 뭔가 특별한 영감이 흐르고 있는 것 같았다. 무언가가 날 그곳으로 부르는 것 같기도, 하물며 대한민국에서 태어나기 전엔 그곳에서 전생을 지냈을 거라는 터무니없는 상상에 빠지기도 했다. 다음엔 어디로 떠나고 싶냐는 사람들의 질문에 난 항상 아일랜드를 답했고 언젠가는 그곳에 갈 수 있으리라는 기대를 품은 채 시간이 흘렀다. 영화 〈원스(Once)〉가 개봉되어 아일랜드에 대한 사람들의 관심이 높아질 때는 나 홀로 불안해하면서, 내 사랑 아일랜드가 사람들에게 알려지지 않아야 할 텐데 전전긍긍했다.

그러다 드디어 기회가 왔다. 두바이를 경유하는 일주일 일정의 더블린행 왕복 티켓을 손에 넣고 기쁨을 즐기는 것도 잠시, 또 하나의 고민이 나를 덮쳤다.

'혼자 잘 다녀올 수 있을까?'

여행의 시기도, 여행 장소도 너무 생소하고 먼 탓에 일행을 구할 수 있는 상황이 되지 않았던 것이다. 가장 가고 싶었던 나라를 나 혼자 가게 되다니. 더 멋들어지는 것 같으면서도 한편으로는 걱정이 됐다. 친구와 뮌헨을 즐겁게 다녀온 다음 해라 그런지 혼자 떠날 일이 더 걱정되었다. 하지만 이

나라가 나의 버킷 리스트라면, 누구의 눈치도 보지 않고 홀연히 이곳을 만끽하고 오는 것도 좋을 것 같았다. 기왕 이렇게 된 거 홀로 나의 서정과 감성을 폭발시키고 돌아오자는 생각이 들었다. 예산도 아낄 겸, 대학생 감성도 느껴볼 겸 박당 15~20유로의 값싼 게스트하우스를 예약했다. 공항으로 가는 리무진 버스 안에서 아일랜드 가수들의 음악파일을 잔뜩 다운받았다. 음악이 있어야 감성이 폭발할 수 있으니까.

두바이까지는 한국인이 많았지만, 갈아탄 더블린행 비행기에 동양인이라곤 나밖에 없었다. 다들 호기심을 가지고 지켜보는 것을 오롯이 감내해야 했다. 도착한 더블린에는 비가 왔다. 그래, 이래야 아일랜드지. 버스를 타고 바로 골웨이로 이동했다. 버스 창가에서 바라보는, 비 내리는 아일랜드의 초원이 아름다웠다. 스위스 융프라우 산에서 풀 뜯는 젖소들을 바라보는 것과는 또 다른 차원의 감동이었다. 날씨가 맑은 것보다는 이렇게 비가 오는 것이 더 운치를 돋우는 것 같았다. 날씨와 온도와 비와 젖소의 풍경이 하나의 액자 속으로 융합되어 내 각막을 자극했다. 그때 가이드 형이 얘기한 게 이런 느낌인 걸까? 나도 이런 걸 좋아하는 사람이었구나. 혼자 오길 잘했다. 이어폰에서 흘러나오는 코어즈(The Corrs)의 음악이 아일랜드에 온 것을 환영해 주고 있었다.

너무 고독해서, 함께하는 방법을 알게 하는 곳: 아일랜드

비가 오는 것이 더 운치를 돋우는 것 같았다. 날씨와 온도와 비와 젖소의 풍경이 하나의 액자 속으로 융합되어 내 각막을 자극했다. 그때 가이드 형이 얘기한 게 이런 느낌인 걸까? 나도 이런 걸 좋아하는 사람이었구나.

골웨이에 도착했다. 더블린이 깍쟁이 대도시라면 이곳은 시골 소도시의 느낌이 났다. 더블린보다 좀 더 아늑하고 사람들이 친절하다고 했다. 예약한 게스트하우스에 동양인이라곤 나밖에 없었다. 옛날처럼 잘해낼 줄 알았는데 아뿔싸. 숙소 선정에 무리가 있었나 보다. 감성 젖은 여행을 하려고 싸고 왁자지껄한 게스트하우스를 예약했던 게 독이 되어 돌아왔다. 하루 종일 여기저기 잘 다니려면 적어도 잠은 잘 자야 하는데 10인실 게스트룸에 계속 젊은 남녀들이 드나들면서 남이 보든 말든 소리 지르며 놀고 얘기를 해대니, 휴식은 고사하고 잠자기도 다 틀렸다. 왜 난 내 몸과 마음이 항상 20대에 머물러 있을 거라 생각해대는 걸까. 이런 자만은 어디서 오는 걸까. 수없이 커피를 들이키며 한낮의 피곤함을 쫓아내야 할 형편이었다.

아일랜드 이민자들의 자손들이 자신의 뿌리를 찾아서 이 곳으로 여행을 많이 오다 보니, 이곳은 유럽뿐만 아니라 미국 이나 캐나다 같은 북중미에서도 많이 찾는 여행지이다. 게스 트하우스에서 만난 몇몇 친구들과 대화를 나눠보니 며칠 휴 가를 받아 스페인에서 건너온 직장인, 할아버지의 고향이 여 기라 와보고 싶었다는 미국 대학생, 주말에 잠시 건너온 영 국 친구들 등등 다양한 국적과 소속의 사람들이 있었다. 내가 살면서 목표로 했던 버킷 리스트를 너네는 옆 동네 오듯 편 하게 오는구나 싶은 생각에 부러웠다. 하지만 너네도 한국이 나 일본, 홍콩을 쉽게 방문하지는 못하겠지? 그런 자위가 필 요했다. 혼자라서 힘들었던 것 중 하나는 '쟤는 왜 혼자서 이 런 나라에 왔을까?' 하며 호기심 어린 눈으로 쳐다보는 사람 들의 시선을 견디는 일이었다. 옆에 누가 있다면 대화하고 집 중하며 그런 시선쯤이야 아랑곳하지 않았을 텐데, 혼자이다 보니 그러한 호기심의 시선을 혼자 감내해야 했던 것이다. 재 미있는 일이다. 남의 눈치 보지 않기 위해 여행을 왔는데 정 작 도착한 여행지에서 실컷 눈치나 살펴야 하다니. 실제로 아 일랜드 여행에서 "너 근데 여기엔 왜 왔니?"라는 질문을 거

짓말 좀 보태서 100번은 들은 것 같다. 그럴 때면 난 과거의 가이드 형과의 추억을 얘기하면서 최대한 있는 대로 솔직하게 얘기하려고 했는데, 물론 언어의 제한은 있겠지만 대부분 내 대답에 고개를 갸우뚱하는 모습을 보였다. '차라리 U2 때문에, 기네스 맥주 때문에 왔다고 하는 게 더 타당한 것 아니야? 프랑스도 있고 스페인도 있고 좋은 나라 많은데 하필 왜 여기?' 하는 느낌이었다. 굳이 이해를 받아야 할 필요는 없지만, 한편으로는 내가 그토록 이곳을 열망했던 이유가 남들이 보기에는 타당하지 않은 것일까 하는 의구심과 궁금증도 밀려왔다.

참새가 방앗간을 그냥 지나갈 수 없다. 아일랜드는 맥주가 유명하고 펍(pub)이 유명하고 기네스가 유명하니까. 일부러 그런 나라들만 찾아다니는 것은 아니지만, 공교롭게도 뮌헨처럼 아일랜드에서도 하루의 마지막을 펍에서 좋은 맥주와 함께 마무리할 수 있어서 좋았다. 시끌벅적한 게스트하우스에는 별로 들어가고 싶지 않았기 때문에 가급적 늦은 시간까지 펍에 남아 있으려 했다. 한편으로는 슬펐다. 예전에는 친구와 맥주 한잔 하면서 이런저런 이야기랑 여행지의 인상을 나누며 즐겁게 대화했는데, 지금은 나 혼자 핸드폰만 쳐다보며 고국에는 무슨 일이 있나 알아보면서 맥주를 들이키는 게 이국적이면서도 쓸쓸했다. 그러다 보니 펍에서 가수가 공연이라도 하면 집중도 두 배, 쓸쓸함도 두 배가 되었다. 흥겨운 아일랜드 음악이 울려 퍼질 때는 신나지만, 구슬픈 화성의 음악들이 연주될 때는 내 마음도 한층 처지는 것 같았다. 아일랜드 민속 음악은 슬픈 곡조의 음악들이 많다. 누구라도 좋으니 대화하고 싶어졌다.

난 혼자인 것이 외로워 사람들과 대화하고 싶었지만, 그렇다고 아무렇지도 않게 낯선 사람에게 툭 인사를 건넬 수 있는 스타일의 사람도 아니다. 내가 그런 사람이라는 것을 혼자 떠난 아일랜드 여행에서 절절히 경험했다.

골웨이에서 즐거웠던 경험 중 하나는, 그런 펍들 중 유명한 몇 곳을 도는 펍 투어에 참여했던 것이었다. 아일랜드는 이런저런 투어들이 잘 발달되어 있는 나라인데, 심지어 자신들의 자랑인 이런 펍까지 투어 상품에 포함시킨 것이다. 한

너무 고독해서, 함께하는 방법을 알게 하는 곳: 아일랜드

국으로 따지면 마치 민속주점 투어라고나 할까. 암튼 참여한 펍 투어에는 대체로 20대 초중반의 미국, 캐나다, 잉글랜드 사람들이 섞여 있었다. 텔레비전에서 흔히 봤던 젊은이들의 유흥 속으로 춤추고 노래하며 빠져들 수 있었다. 대체로 즐거웠지만 언어 전달이 제대로 되지 않는 것은 커다란 장애였다. 그래도 다른 의사들보다는 영어를 좀 한다고 생각해 왔는데, 그래봤자 대한민국 안에서의 사정이었다. 남의 나라를 가면, 거기서는 내가 여행자라고 사정 봐주지 않는다. 공교롭게도 그날 펍 투어에는 날 제외한 모두가 영어권 국가에서 온 이들이었기에, 난 제대로 벙어리가 되었다. 하지만 술에 취해 게임을 하면 모두 하나가 된다. 몸으로 노는 것에 언어는 불필요하니까. 간만에 즐거운 시간을 보내고 들뜬 나는 싸이의 말춤까지 추며 그들을 즐겁게 하려 노력했다. 지금도 그 왁자지껄한 웃음이 담긴 사진을 바라보며 즐겁게 웃고는 한다.

펍 투어 이후에는 그래도 용기가 좀 생겨서인지, 이후 여러 다른 투어에서는 사람들과 대화를 나누려 많이 애썼다. 내 나라 내 말로 하는 대화는 아니니 한계는 있지만 그래도 외로움을 극복하는 데는 도움이 되었다. 혼자 지구를 일주하는 여행자들은 이런 감정을 어떻게 견딜까? 사람들과 대화를 나누거나 섞이는 걸 별로 좋아하지 않는, 혼자가 편한 사람들일까? 아니면 너무 친화력이 좋아서 어딜 가든 낯선 사람과 잘 섞일 수 있는 사람들일까. 확실한 건 난 어디에도 속하지 않는다는 것이었다. 난 혼자인 것이 외로워 사람들과 대화하고 싶었지만, 그렇다고 아무렇지도 않게 낯선 사람에게 툭 인사를 건넬 수 있는 스타일의 사람도 아니다. 내가 그런 사람이라는 것을 혼자 떠난 아일랜드 여행에서 절절히 경험했다. 더블린으로 이동한 여행 후반기에는 이런 외로움이 극에 달해서, 때마침 그래프턴 스트리트(Grafton Street)에서 우연히 마주친 한국인 유학생이 너무 반가워서 커피 한잔 하자고 막무가내로 요청한 적도 있었다. 그 친구는 그런 내가 얼마나 이상해 보였을까. 한국인이 한국말로 대화를 나누는 게 당연하면서도 얼마나 복 받은 일인지를 뼈저리게 느끼는 나날이었다.

더블린은 이런 내 찬 마음을 더 차디차게 만드는, 건조하고 싸늘한 느낌의 도시였다. 아마 즐겁고 편안한 마음 상태였다면 이런 건조하고 차가운 느낌의 도시가 나에게 더없는 매력으로 다가왔겠지만, 외로움과 쓸쓸함으로 점철된 내 감정 상태에서 더블린은 마치 불에 기름을 붓는 듯한 상황으로 다가왔다. 그래도 아일랜드 국립미술관에서 우연히 만난 카라바조의 그림이라든지, 호기심과 풍족함을 채워준 기네스 맥주 박물관(Guinness Brewery & Storehouse)에서의 경험은 여행

너무 고독해서, 함께하는 방법을 알게 하는 곳: 아일랜드

그리스도의 체포(Cattura di Cristo). 아마 즐겁고 편안한 마음 상태였다면 건조하고 차가운 느낌의 더블린이 나에게 더없는 매력으로 다가왔겠지만, 외로움과 쓸쓸함으로 점철된 내 감정 상태에서 더블린은 마치 불에 기름을 붓는 듯한 상황으로 다가왔다.

이 여전히 좋은 것임을 일깨워 주기에 충분했다. 로마에 갔을 때도 카라바조의 그림을 보지 못해 아쉬웠는데 그곳에서 우연히 만난 그의 〈그리스도의 체포(Cattura di Cristo)〉 앞에서 전율할 수밖에 없었다. 기네스 맥주 박물관에서는 직접 내가 마실 맥주를 따라보고 소위 '잘했어요' 상장인 인증서를 받는 경험을 했는데, 집으로 가져갈 의미 있는 기념품이 하나 생긴 셈이었다. 아무것도 안하면 외로움이 배가되지만, 내 눈앞의 무언가에 집중하고 있으면 그런 감정들은 옅어진다. 더블린에는 그러한 자극들이 많아서 다행이었다. 역시 머리를 비

너무 고독했기 때문에 내 경험과 감정에 오롯이 집
중할 수 있었다. 마치 경험이라는 그림에 고독이라
는 기름을 덧칠해 색상이 더 분명해진 느낌이었다.
혼자가 아니었다면 그렇게 내 경험과 감정에 집중
할 수 있었을까.

우려면 몸이 바쁜 게 가장 좋다. 물론 밤늦은 템플 바(Temple bar)의 왁자지껄함에 끼지 못하는 아쉬움은 어쩔 수 없는 것이었지만.

여행 마지막 북아일랜드 투어에서는 몽골에서 온 유학생 아가씨와 우연히 만나 이런저런 얘기들을 나눌 수 있었다. 할머니가 편찮으셔서 한국의 한 대학병원에 입원하고 계시다는 그는, 한국에 자주 간다면서 한국이 몽골에서 얼마나 선망의 나라인지를 열심히 설명했다. 난 선망의 대상인 나라를 찾아 먼 길을 떠나왔는데, 어떤 사람은 내가 떠나온 내 나라를 선망의 대상으로 삼고 있다니 재미있는 일이었다. 둘 다 버벅거리는 영어로 대화하니 그것도 좋았다. 이방인들끼리 만나 서로의 소외감을 주제로 대화하는 것이 즐거웠고, 비 오는 자이언트 코즈웨이(Giant's Causeway)를 걸으며 대화하는 그 시간이 좋았다. 언젠가는 몽골 사막에서 별의 바다를 보며 밤을 지새우는 경험을 하고 싶다는 얘기도 나누었는데, 언제 다시 만날 수 있을지 기약이 없다. 그런 시간들을 조금만 더 일찍 가질 수 있었다면 아일랜드에서의 외로움이 많이 옅어질 수 있었을 텐데 아쉬웠다.

이렇게 내 이상향이었던 아일랜드 여행이 끝났다. 그 쓸쓸하고 외로웠던 여정이 지금은 아련한 그리움으로 남아 있다. 너무 쓸쓸해서 돌아가면 기억하고 싶지 않은 여행이 될 줄 알

너무 고독해서, 함께하는 방법을 알게 하는 곳: 아일랜드

았는데, 그게 또 그렇지만은 않은 모양이다. 너무 고독했기에, 그렇기에 내 경험 내 감정에 더욱 오롯이 집중할 수 있었던 까닭일까. 마치 경험이라는 그림에 고독이라는 기름을 덧칠해 색상이 더 분명해진 느낌이었다. 혼자가 아니었다면 그렇게 내 경험과 감정에 집중할 수 있었을까. 아무튼 분명해진 것 중 하나는 그 아일랜드 여행 이후 난 어디든 혼자 가는 것을 망설이지 않게 되었다는 점이다. 제주도도 혼자 가고 등산도 산책도 혼자서 잘 간다. 심지어 혼자 하는 일에 대한 망설임이 사라졌다. 혼자라 더 즐거울 때도 있다. 그 여행이 강한 훈련이 된 것 같았다. 어디든 홀로 떠나고 무엇이든 홀로 할 수 있게 만들어 주기 위해서 아일랜드가 내 꿈의 여행지로 존재해 왔는지도 모르겠다.

마지막으로, 내가 아일랜드에서 가장 열심히 들었던 음악은 U2도 엔야도 아닌 바로 보이존(Boyzone)의 음악이었다. 평소에 듣던 스타일이 아니었기에 나조차 놀라웠다. 하지만 당시에는 그들의 음악이 내 고독과 쓸쓸함을 덧칠해 주는 느낌이었다. 우울한 사람들이 더 우울해지려 하는 것처럼, 나도 그렇게 날 더 고독하게 만들고 있었다. 기왕 고독한 거, 어디까지 가나 보자 만용을 부렸나 보다.

지금도 난 모허 절벽(Aillte an Mhothair) 꼭대기 잔디에 누워서 사과를 씹어먹으며 보이존의 〈Everyday I love you〉를 듣던 그 하늘, 그 순간을 떠올린다.

홀로와 함께, 그 사이 어디에선가

¶ "저는 항상 누군가가 내 옆에 있는 게 신경 쓰이고 싫어요. 사람을 굳이 사귀고 싶지 않아요. 혼자가 이렇게 편한데 왜 사람들은 남들과 잘 지내라, 친구 많이 사귀어라 얘길 하는 거죠? 앞으로도 혼자가 좋을 것 같아요. 결혼도 당연히 생각 없고요."

"저는 누가 옆에 없으면 항상 불안해요. 혼자를 못 견뎌요. 이성친구가 없으면 너무 외로워서 항상 누군가를 사귀어야 되니, 남자친구가 끊겼던 적이 없어요. 때론 누가 옆에 있어도 외로워요. 이런 모습이 나중에도 바뀌지 않을 것 같아요. 스케줄도 없이 주말에 혼자 집에 있으면 그렇게 우울하고 불안할 수 없어요."

고독과의 싸움이 된 아일랜드 여행은 나에게 있어, 사람관계의 의미에 대해 다시 한번 생각하는 계기가 되었다. 뚜벅뚜벅 혼자만의 길을 걷든 말벗이 되어줄 사람에게 또는 지친 내 몸을 일으켜줄 사람에게 기대며 걷든, 방법은 다양하다. 함께할 누군가를 필요로 하는 사람들이 있는 반면, 사람을 거추장스럽고 번거롭게 여기는 사람들도 있다. 우리 주변에 얼마만

너무 고독해서, 함께하는 방법을 알게 하는 곳: 아일랜드

큼의 사람들이 필요한 것일까. 어느 정도 거리를 유지하는 것이 건강한 것일까. 사람이 필요하기는 할까.

인간관계에 대한 태도는 사람마다 다양할 텐데, 다음과 같이 네 가지 군으로 분류해 볼까 한다.

가. 사람들과 사귈 줄도 모르고, 사귀기도 싫은 사람들

나. 사람들과 잘 사귀고는 싶으나, 사회기술이 부족하고 방법을 모르는 사람들

다. 사람들을 원하고 잘 사귀지만 몇몇 날 싫어하는 사람들에 매우 예민한 사람들

라. 사람들을 원하고 잘 사귀고, 몇몇 날 싫어하는 사람들에도 크게 개의치 않는 사람들

여러분은 어떤 부류에 속하는가?

사람들을 원하지도 사귀지도 않는 사람들이 많이 있다. 이러한 사람들은 주로 성장 경험에서 부모와 애착손상을 경험했거나, 아니면 과거 친구들과의 관계에서 받은 상처가 트라우마로 남아 있다든지 하는 경우가 많이 있다. 별다른 요인이 없더라도 기질적으로 타고난, 은둔형 외톨이처럼 혼자만의 생활을 선호하는 경우도 흔히 본다. 이런 사람들은 대인관계에서 좀처럼 즐거운 경험을 해본 적이 없기에, 관계의 필요성

을 잘 인지하지 못한다. 오히려 관계라는 것이 즐거움보다는 고통을 준 경우가 더 많았기에, 자기 스스로를 보호하기 위해서 관계로부터 떨어져 나가는 경우가 많이 있다. 보통 이러한 사람들은 만성적인 우울이 깔려 있는 경우가 많은데, 정작 본인들은 그러한 우울함을 부인하는 경우가 많다. 사람들과 즐거운 경험들을 추가적으로 가져보지 못하는 한, 이런 성격은 지속될 가능성이 높다. 결혼생활이나 직장생활에도 지장을 초래할 수 있기에 문제가 될 수 있다.

ADHD나 불안장애가 있는 사람들은, 사람들과 친하게 잘 지내고 싶지만 방법을 모르거나 사회기술이 부족해서 문제가 되는 경우이다. 누구보다도 친구를 사귀고 싶은데 어떻게 해야 할지 모른다. 눈치를 너무 많이 봐서 사소한 말 한마디 못하는 친구, 상황에 맞지 않는 생뚱맞은 이야기로 끼어들어 분위기를 흐린다고 친구들이 끼워주지 않는데 정작 본인은 그런 사실도 모르는 아이들, 자존감이 너무 낮아 쟤네들보다 내가 한참 모자라기에 쟤네들이 나랑 놀아주지 않을 거라 처음부터 포기하는 친구 등 다양한 경우가 있다. 어릴 때의 이러한 모습들은 성인이 되어서도 지속되기 쉽다. 그래도 이런 친구들은 사람들을 좋아하고 원하기에 희망이 있다고 봐야 되는데, 사람을 원한다는 것은 어떻게 가르쳐서 되는 것이 아니기 때문이다. 사람을 좋아하는 기본 소양만 가지고 있다면

너무 고독해서, 함께하는 방법을 알게 하는 곳: 아일랜드

이런 친구들에게 사회기술을 가르치거나 적절한 치료적 도움을 주면서 부족한 부분을 메꿔간다면 더 나은 결과를 기대할 수 있다.

세 번째 부류의 사람들은 사람들과 수월하게 친해지고 보통은 선하고 착한 사람이라는 평가를 받으며, 본인도 대인관계에 만족하며 지낸다. 하지만 문제는 일부 본인에게 거부감을 가지는 사람들에게 쉽게 민감해지고 영향을 받는다는 것이다. 이런 사람들은 여덟아홉 명과 잘 지내는 것에 주목하지 않고 날 싫어하는 한두 명의 사람들에게만 꽂혀 있는 사람들이다. 그 사람들의 마음을 돌려보려 부단히 애를 쓰지만 잘되지 않고, 맘처럼 되지 않는 대인관계에 스트레스를 받으며 정작 잘 유지되는 좋은 관계들은 신경 쓰지 않는 모습을 보인다. 그 사람이 왜 날 싫어하는지 스트레스 받으면서, 그 사람의 마음을 얻기 위해 내가 바뀌어야 한다고 생각한다. 가진 것을 당연히 여기면서 가지지 못한 것들을 그리워하는 그런 경우라 하겠다.

마지막으로, 사람들을 좋아하고 잘 지내면서 또한 날 싫어하는 몇몇 사람들에 대하여 마음 쓰지 않는 그런 사람들이 있다. '누구든지 날 싫어할 수는 있다. 하지만 그건 내 문제가 아니다. 어디에든 맞지 않는 사람이 있기 마련이다. 좋아하는 사람들과 잘 지내면 된다'는 생각을 바탕으로 대인관계에 긍정적인 시각을 가지며 현재의 관계에 감사해한다. 적당한 관계를 통해 기분을 고취시키며 즐거움을 얻어간다. 전작《상처받을 용기》에서 언급했듯, 대인관계와 사람에 대하여 가장 건강한 마인드를 지니고 있는 경우라 할 수 있다.

예전부터 나는, 사람이 필요 없고 그립지 않다는 환자들의 얘기를 크게 믿지 않았다. '그건 대인관계가 어렵기 때문에 그렇게 합리화를 하는 거예요' 속으로 생각해 왔다. 사람은 사회적 동물일 진대, 사람들과 떨어져서 사는 것이 어찌 고통이지 않겠는가. 하지만 지금은 그런 생각들이 많이 바뀌었다. 관계는 즐거움의 원천이기도 하면서 또한 고통의 요인이 되기도 하는 것을 절실히 느낀다. 부모와의 관계, 직장 상사나 급우들과의 관계 등등 내가 원하지 않았던 관계에서 고통받으며 괴로워하는 사람들이 얼마나 많은가. 가끔씩은 이런 고통스러운 관계의 가지를 모두 쳐내고 싶다는 생각을 누구나 할 것이다. 그래서 요즘은 "어디 멀리 떠나서 혼자 살고 싶어요." 호소하는 사람들의 얘기에 무엇보다도 공감한다.

하지만 대인관계에서 얻는 적절한 즐거움이 사람들에게 필요하다는 생각은 여전히 변함이 없다. 홀로 지내는 사람들도 그들의 인생에 어느 정도 만족하며 지내는 경우를 많이 보지만, 뭔가 활력이 떨어지고 삶의 에너지가 부족한 경우를 많이 보기 때문이다. 즐거움은 사람이 없어도 누릴 수 있다. 나

너무 고독해서, 함께하는 방법을 알게 하는 곳: 아일랜드

홀로 운동을 하거나 그림을 그리거나 게임을 하거나 즐거운 뭔가를 할 때 우리는 기분을 고양시킬 수 있다. 하지만 타인과의 어울림에서 얻는 즐거움은 홀로 누리는 즐거움과는 다른 성질의 것이다. 이것은 이것대로 저것은 저것대로 필요하다. 혼자서 대체로 잘 지낸다 하더라도 사람들과의 소통과 교류에서 얻는 즐거움도 필요하다는 것이다. 혼자서 하는 술자리가 즐겁지 않은 것은 취중진담의, 소통의 과정이 빠져 있기 때문이다. 우린 술이 좋아서라기보다는 듬뿍 감정 섞인 술자리에서의 취중진담이 좋기 때문에 술자리를 즐긴다. 유튜브를 보며 혼자 킥킥거리며 웃는 것과 사람들과 즐거운 얘기를 나누며 웃고 즐기는 것은 다른 성질을 가진다.

보통 사람들은 고통의 관계와 즐거움의 관계를 함께 가지고 있는 경우가 많다. 내가 임의대로 모든 관계를 청산하지 않는 한 고통의 관계를 나 홀로 끊어 내기는 쉽지 않다. 부모가 맘에 안 든다고 등 돌리고 살거나 직장 상사가 뭐 같다고 때려치우는 결심도 쉬운 것이 아니기 때문이다. 관계가 고통이라며 모든 관계를 끊어내게 되면 부정적 관계를 쳐낼 수는 있겠지만, 긍정적 관계의 즐거움까지도 포기하게 되는 결과를 가져올 수 있다. 그것보다는 부정적 관계에서의 스트레스를 긍정적 관계를 통해 보상받는 것이 오히려 더 나을 수 있다. 직장 상사에게 당한 스트레스를 친구와의 술자리에서, 사랑하는 사람과의 데이트에서 풀어내도록 하는 것이다. 그러한 긍정적 관계에서 얻은 에너지를 가지고 또 하루 잘 버텨내는 것이다. 탈출할 수 없는 부정적 관계에서의 스트레스를 소중한 사람들의 지지 속에서 견뎌내는 것이다. 좋은 것도 나쁜 것도 없는 삶보다는 좋고 나쁨의 희로애락이 있는 삶이 더 나을 수 있다. 밋밋한 삶보다는 감정의 파도가 있는 생활이 더 사람답게 느껴지기도 한다.

하지만 그런 사람들이 내가 찾는다고 항상 내 앞에 떡하니 나타나는 것은 아니다. 각자에게는 각자의 삶이 있기에, 내가 고통스러울 때마다 그들의 도움의 손길을 받을 수는 없다. 필연적으로 혼자 떨어져 있을 때가 있을 수밖에 없다. 나의 아일랜드 여행에서도 난 누구의 도움도 없이 외로움을 맞이해야만 했다. 그렇다면 이 혼자만의 시간을 어떻게 잘 지내도록 할 것인가. 이것이 아주 중요한 과제가 된다. 혼자서는 절대로 못 지내면서 항상 옆에 누군가가 있어야 하는 사람들은 필연적으로 홀로 떨어져 있는 시간을 고통 속에서 보내게 된다. 피할 수 없으면 즐기자는 명제가 이런 혼자만의 시간에서 중요한 숙제가 된다.

아기는 어릴 때는 부모와 떨어져 있는 상황을 매우 불안하게 받아들이지만, 점점 크면서 '내가 떨어져 있어도 어디에서든 부모가 날 지켜보고 있다'는 생각에 점점 안심하게 된다.

너무 고독해서, 함께하는 방법을 알게 하는 곳: 아일랜드

관계가 고통이라며 모든 관계를 끊어내게 되면 부정적 관계를 쳐낼 수는 있겠지만, 긍정적 관계의 즐거움까지도 포기하게 되는 결과를 가져올 수 있다. 그것보다는 부정적 관계에서의 스트레스를 긍정적 관계를 통해 보상받는 것이 오히려 더 나을 수 있다.

믿음과 안심을 바탕으로 더 넓은 세상을 탐험하게 된다. 보호자로부터 떨어져서 더욱 독립적인 생활을 하게 만드는 바탕이 된다. 반면 그러한 믿음을 가지지 못하고 성장한 사람들은 항상 내 눈앞에 있는 누군가가 날 지켜주고 돌봐줘야 한다는 압박감을 가지게 된다. 세상이 위험한 곳이라 생각하고 항상 누군가 날 돌봐주길 원한다. 나 홀로 세상을 탐험해 나갈 자신이 없는 것이다. 홀로 있으면 항상 무언가 나쁜 일이 벌어질 것 같은 불안함을 느낀다.

혼자여서 좋은, 함께여서 더 좋은

그래서 우리는 혼자만의 시간이, 적어도 고통스러운 시간이 되지는 않도록 해야 한다. 혼자일 때도 편안하고, 때로는 즐거울 수 있는 요령을 익혀야 한다. 어차피 우리가 같이 한다고 생각하는 여러 활동들도 실은 혼자서 하는 경우가 많다. 영화를 같이 보러 가도 결국 영화는 혼자 보는 거지 토의하면서 보는 것은 아니지 않은가. 우리는 모두 홀로 잘 해낼 수 있는 소질을 가지고 있다. 홀로 무언가를 한다는 것은 남들 눈치 안 보고 내 맘대로 할 수 있는 것이니 당연히 더 편안하다. 같이 못하는 것들을 혼자서는 더 잘 해낼 수 있다. 혼자만의

너무 고독해서, 함께하는 방법을 알게 하는 곳: 아일랜드

여행에 대해 흔히 하는 말 중 '돌아올 곳이 있기에 여행은 즐겁다'는 표현이 있는데, 이것은 일상의 소중함을 얘기하기도 하겠지만 한편으로는 내 주변 사람의 소중함을 알려주는 얘기이기도 하다. 아일랜드에서 그러한 면들을 마음 깊이 느끼고 돌아왔다.

시간은 나의 생각과 감정에 더 집중할 수 있는 소중한 시간이다. 이 시간에 타인에게 즐거움을 구걸하며 소비한다면 그것이야말로 아까운 시간이 아니겠는가. 내 시간을 내 주관대로 소비하는 것은 당연한 권리이자 즐거움이다.

약간의 고독함과 외로움을 느껴도 좋다. 그래야만 사람들과의 관계가 더 즐거워질 수 있다. 혼자가 너무 좋아 굳이 사람들과 어울릴 필요를 느끼지 않는 사람이 남들과 어울릴 일은 없지 않겠는가. 아일랜드에서 외로움과 고독을 가득 안고

온 나는, 돌아와서 사람들과의 자리가 정말 즐거웠다. 어울림의 즐거움이 여행을 통해 배가되는 것 같았다. 혼자 보내는 시간이 대체로 편안하지만 가끔씩은 누군가와 교류하기를 원한다면, 그러한 니즈(needs)를 가지고 타인들과 어울릴 때 외로움에 대한 갈증을 해소할 수 있다. 여행에 대해 흔히 하는 말 중 '돌아올 곳이 있기에 여행은 즐겁다'는 표현이 있는데, 이것은 일상의 소중함을 얘기하기도 하겠지만 한편으로는 내 주변 사람의 소중함을 알려주는 얘기이기도 하다. 아일랜드에서 그러한 면들을 마음 깊이 느끼고 돌아왔다.

그래서 난 이상적인 대인관계에 대한 질문을 받을 때마다 '혼자라 즐거운, 함께라서 더 즐거운' 관계가 가장 이상적인 경우라고 말한다. 혼자만 좋거나 함께여야만 좋아서는 곤란하다. 혼자서도 남의 눈치 안 보고 하고 싶은 것 하며 잘 지내고, 쌓여 있는 사람에의 욕구를 같이 어울리는 자리에서 잘 풀어낼 수 있는 그런 사람이면 좋겠다. 나부터 그런 사람이 되고 싶고 또 그렇게 되려고 노력한다. 아일랜드는 나에게 혼자서도 잘 지낼 필요성을 가르쳐주었고, 실제로 그러한 시간을 듬뿍 주었다. 비록 그때 그 순간들을 오롯이 즐기지는 못했지만, 그 시간 덕분에 이렇게 혼자만의 시간을 즐기는 사람이 될 수 있었다. 굳이 사람들과의 만남을 갈구하지 않는다. 못 만나면 어쩔 수 없고, 만나면 즐겁고. 고독과 교류가 균형을 맞추어 가는 그런 생활.

그렇기에 난 오늘도 홀로 걷는다.

그 바람소리와 풍경을 다른 누구도 아닌 내 마음속에 담아오기 위해서.

'준비할 수 없는 불안'에 사로잡히지 말 것

어서 오세요, 근심걱정이 사라지는 곳으로

소아정신과 전임의, 개인의원 봉직의, 기업정신건강연구소 등 웬만한 정신과 의사로서의 커리어를 모두 밟아본 나에게 남은 것은 개원밖에 없다고 생각했다. 어차피 의사 커리어의 마지막은 개원이 아니겠는가. 다만 불확실한 전망과 막연한 두려움 때문에 이 일 저 일을 하면서 시기를 늦추다가 더는 미룰 수 없을 것 같았다. 그래서 2016년 마포구에서 개원을 하게 되었다.

개원의사 선배들이 항상 하는 얘기가 있었다. 어차피 개원 하면 맘껏 쉬거나 놀지 못할 테니 개원 전에 어디 여행이나 실컷 다녀오라고. 하지만 엄두가 나지 않았다. 홈페이지, 병원 인테리어, 행정적 업무 등이 산적해 있는데 속편하게 놀러 다니는 것이 말이나 될까. 병원 인테리어도 엉터리처럼 해놓는 곳이 많아서 원장이 항상 옆에서 지키고 있어야 한다고 들었다. 하지만 여행도 인생의 중요한 요소인 나에게 역마살이 다시 고개를 내밀었다. '설마 별일 있겠어' 하는 생각으로 나도 모르게 지구본을 돌리고 있었다. 유럽은 많이 가봤기 때문에 이번에는 미국에 한 번 가보고 싶었다. 개원하면 얼마나 마음 고생을 하게 될지 모르니 이번에는 그냥 쉬고만 싶었다. 그럼 답이 나온다. 하와이.

한 가지 고민이 더 있었다. 가족들과 같이 가야 할 여행인 데, 아이는 당시 만으로 다섯 살이었다. 애를 데려가서 고생하는 것은 부모로서 당연히 해야 할 일이었다. 하지만 이 친구가 나중에 하와이 여행을 간 걸 기억이나 할 수 있을까? 애가 태어나고 난 후에는 아무래도 가까운 휴양지로 여행을 많이 가게 되니 그런 걱정은 별로 하지 않았다. 굳이 기억을 못하더라도 애 입장에선 따뜻한 나라에서 잘 놀고 오는 것이니 말이다. 하지만 하와이는 달랐다. 애가 기억하기를 바랐다. 단순한 동남아 휴양지도 아니고 언제 다시 가족여행을 갈지도

하와이의 공기는 후덥지근한 동남아의 공기와는 또 다른 느낌이었다. 무덥지만 좀 더 상쾌하고 습한 기운이랄까. 대지와 공기가 그곳에 사는 사람들의 천성과 성격을 결정한다는 것이 너무나 이해가 되는 순간이었다.

모르니 말이다. 아이의 인지력이 그만큼 발달했기를 기대할 수밖에 없었다. 있는 마일리지 없는 마일리지 탈탈 털어서 아무튼 그렇게 하와이로 떠났다.

　당시가 내 기억으로는 4월 초순이었다. 아직도 약간의 꽃샘추위가 남아 있는 날씨, 하지만 기온보다 더 힘들었던 것은 황사와 미세먼지였다. 봄철 황사와 미세먼지는 가뜩이나 개원 준비로 근심이 가득한 내 마음에 더 먹구름을 드리우는 요인이 되었다. 하지만 하와이는 달랐다. 경치와 바다는 둘째 치고라도 일단 온도와 공기가 너무 좋았다. 왜 사람들이 그렇게 하와이를 좋아하는지 공항에 내리자마자 알 수 있었다. 공기만 마셔도 좋았다. 아이에게 탁한 공기를 마시게 하는 것에 대해서 항상 측은한 마음이 있었는데 약간이라도 위안이 되는 느낌이었다. 하와이의 공기는 후덥지근한 동남아의 공기와는 또 다른 느낌이었다. 무덥지만 좀 더 상쾌하고 습한 기운이랄까. 대지와 공기가 그곳에 사는 사람들의 천성과 성격을 결정한다는 것이 너무나 이해가 되는 순간이었다.

맘 편히 쉴 수는 없었다. 항상 서울의 누군가와 카톡을 주고받았고, 돌아가는 상황에 대해서 얘기했고, 근심했고 앞날을 고민했다. 잠도 편하게 오지는 않았다. 분신이 있다면 서울에 하나를 남겨두고 싶었다. 내가 제정신인가 생각도 했다. '이렇게 무책임하게 있으니 난 아마도 망하고 말 거야' 하는 생각도 들었다. 이런 좋은 풍경을 앞에 두고도 제대로 즐기지 못하는 나 자신에 서글픈 느낌도 들었다. 천하태평한 사람들이 늘 부러웠는데, 그때는 더 그랬던 것 같다. 와이키키 해변에서 나 빼고는 모두가 행복한 표정을 짓고 있었다. 나 스스로 불안한 사람임을 잘 알고 있었기에 어쩔 수 없는 일이었다.

미국이 우리와 많은 것들이 다르다는 것도 날 혼란스럽게 했다. 휴양지이기는 해도 어쨌든 여기는 미국이다. 식사는 엄청 비싸고 메뉴도 다채롭지 않았다. 팁 제도도 혼란스러웠다. 때로는 밥값보다 팁이 더 많이 나가는 것 같았다. 인종 차별도 몇 번 경험했다. 유럽에서는 경험하지 못했던 일들이었다.

'준비할 수 없는 불안'에 사로잡히지 말 것: 하와이

유모차 파손으로 항공사에 항의하던 날 바라보면서 손가락질 하던 백발의 백인 할머니가 기억난다. 기본적으로 예민해져 있던 상태이다 보니 평소 같으면 넘어갈 수 있을 것 같은 일에 도 매우 날카로워져 있었다. 펄펄 물이 끓어오르는 냄비 같은 상태가 그때의 나의 모습이었다.

그런 상황에서 오아후(O'ahu) 섬에서 마우이(Māui) 섬으로 이동한 것이 하나의 반전이 되었다. 오아후 섬에서는 기본적 으로 와이키키 주변에만 머물렀고 트롤로 이동이 용이했기 때문에 굳이 렌터카를 빌릴 필요가 없었다. 하지만 마우이 섬 에서는 목적지 간 거리가 멀었고 대중교통도 용이하지 않았 기 때문에 렌터카가 필요했다. 마우이 공항에 내려서 렌터카 를 빌려 몰기 시작하자 반전이 나타났다. 넓고 광활한 하와이 땅에서 구름 한 점 없는 하늘과 고색창연한 바다를 배경으로 운전을 하니 마치 나의 뇌가 리셋되는 기분이 들었다. 진짜 하와이 여행이 시작된 느낌었다. 그때부터 나의 불안세포는 위세를 상실하고 쥐 죽어 있던 여행자의 세포가 다시 활성화 되기 시작했다. 왜 그랬던 건지는 지금도 모르겠지만, 렌터카 와 운전이 나의 문제를 해결하는 실마리가 되었던 것이었다. 진작 달려야 했나.

그래서 내 하와이 여행의 기억에 오아후 섬은 없다. 와이 키키도 잘 기억이 나지 않는다. 오직 마우이 섬만이 나에겐

마우이 섬에서 꼭 가야 한다는 할레아칼라산. 정말이지 안 갔으면 후회할 뻔했다. 구름 위까지 차로 올라가 석양을 바라보며 맞는 일몰은 지금도 아름다운 추억이다.

하와이였다. 다시 음식 맛도 살아나고, 숙소는 훌륭했으며 동심으로 돌아가서 아이와 수영장 놀이를 즐겼다. 마우이 섬에서 꼭 가야 한다는 할레아칼라(Haleakalā) 산은 정말이지 안 갔으면 후회할 만한 곳이었다. 구름 위까지 차로 올라가 석양을 바라보며 맞는 일몰은 지금도 아름다운 추억이다. 다만 운전은 너무 힘들었다. 떨어지면 낭떠러지인 좁은 길을 몇 시간씩 운전해야 하는 상황이 올 줄은 몰랐던 것이다. 하지만 그런 스트레스를 감당할 정도의 비현실적인 경치를 할레아칼라 산에서 경험했다.

'준비할 수 없는 불안'에 사로잡히지 말 것: 하와이

사람들이 하와이를 왜 그렇게 좋아하는지 알 것 같았다. 여기에 오면 온화한 공기와 온화한 풍경 속에서 사람들의 마음도 온화해지는 것 같은 느낌을 얻을 수 있었다. 마치 술을 못 마시는 사람이 와인 반 잔 마셨을 때의, 기분이 약간은 상승하는 그런 느낌이랄까. 여기는 도파민보다는 세로토닌이 잘 어울리는 그런 곳이었다. 항상 도파민 상승만을 여행의 미션으로 삼아온 나에게 생소하지만 좋은 경험이었다. 아니 그때의 나에게는 오히려 그런 경험이 더 필요했다. 그때의 나에겐 차분히 마음을 가라앉힐 무언가가 있어야 했다. 불안한 마음을 온화함으로 상쇄할 무언가가 필요했고, 때마침 시의적절하게 하와이에 있었던 것이다. 나는 이렇게 다시 여행자의 시선으로 돌아왔다. 떠나온 처음에는 내 만용을 한심하게 여기며 빨리 돌아가 산적한 문제를 해결해야 한다 생각했는데, 여행 막바지에는 약간의 현실도피 소망과 '어떻게든 되겠지' 하는 생각이 혼재되어 별로 돌아가고 싶지 않았다. 하지만 여기서 얻은 다소간의 차분함과 온화함을 돌아가서도 잘 유지한다면 여러 가지 걱정들에도 더 잘 대응할 수 있으리라는 생각도 들었다.

시간이 흘러 병원 문을 연 지도 6년째를 맞았다. 기대대로 되는 일도 있고 마음고생을 할 때도 있지만 이런 저런 일 겪으면서 오히려 대학에 있을 때나 봉직의를 할 때와 비교해서 시간은 더 빨리 가는 느낌이다. 적절히 마음을 비우고 현실에 순응도 하고 만족도 하며 사는 법을 배우고 있다. 호전되는 내담자들을 보면 나도 좋고 가끔씩 감사하는 사람들을 만나면 나도 고맙고 그렇다. 팔다리가 너무 아파 걷기가 힘들어 원장님 보러 오고 싶은데 가까운 병원 가야겠다고, 부자 되시라고 돼지인형 하나 툭 건네주고 가시는 할머니 손 잡으면서 마음도 쩡하게 된다. 개원이라는 것은 이렇게 더 가까운 거리에서 사람들을 만나는 과정이라 더 사람 냄새 나고 책임감도 느끼게 되는 일인 것 같다. 이렇게 의사와 환자가 같이 늙어간다는 것은 정신과 의사라는 직업의 매력이 아닐까 싶다.

개원 전으로 돌아가 그때에도 하와이에 갈 거냐고 누가 물어본다면 당연히 간다고 할 것이다. 다시 간다면 못해도 2주, 길게는 한 달은 머물고 싶다. 나중에 받을 스트레스나 역경을 생각한다면 일 년 정도 나에게 안식년을 주는 것도 나쁘지 않을 것 같다. 최대한 갈 수 있을 만큼 여행 다녀오라는 인생 선배들의 조언이 그냥 나온 것이 아니더라. 초조하게 옆에 붙어 있는다고 준비가 더 잘되는 것도 아닌데 말이다. 한두 달 일찍 병원 문 연다고 부자 되는 것도 아닌데. 왜 지나고 나면 아무것도 아닌 일을 그때는 그렇게 고민했을까. 왜 우리는 경험을 하고 살아봐야지만 삶의 지혜를 얻을까. 20~30년 후의 내가 지금 이 순간으로 건너온다면 지금 내 앞에 놓인 문제들이

'준비할 수 없는 불안'에 사로잡히지 말 것: 하와이

아주 사소하게 보일 텐데 말이다.

여담으로 우리 아이는 하와이를 기억하지 못한다. 아쉽다. 그 비범한 공기와 풍경을 기억할 수 있으면 좋을 텐데 말이다. 재미있는 건 하와이 이후의 여행은 다 기억을 한다는 것이다. 그렇다면 아이들은 만 6세 정도는 지나야 제 여행을 다 기억할 수 있다는 것일까. 물론 사람마다 다르고 여행지마다 다를 것이다. 난 아빠와 형과 셋이 극장에서 〈ET〉를 본 게 내 가족나들이의 첫 기억인데, 그게 내가 만 여덟 살 때라 하더라. 그럼 우리 아이가 나보다 기억력이 좋은 거구나. 아님 아이도 나처럼 도파민여행 성향이라 세로토닌 여행은 잘 기억 못하는지도 모르겠다.

역시 유전이 중요한 것일까.

불안이 하는 일

¶ "전 왜 이렇게 남들보다 불안과 걱정이 많을까요? 성격을 바꾸고 싶어요."

"천하태평하게 걱정 없이 사는 사람들이 세상에서 제일 부러워요."

"걱정거리가 한번 생기면 머리에서 떠나가질 않아서 괴로워요."

나의 하와이 여행은 앞에서 언급했듯 불안과의 싸움이었다. 망할 것 같다는 생각에 벌어지지 않은 일을 걱정하면서 눈앞의 경치에 몰두하지 못하고, 온갖 부정적인 상상의 나래를 펼치면서 혼자 다른 곳에 마음이 가 있었다. 이런 불안을 얼마나 잘 콘트롤할 수 있느냐가 내 여행의 과제였다. 개원 전의 여러 가지 불안감이 하와이 여행에서 하나로 축약되어 나타난 듯한 상황이었다. 결론적으로 난 절반만큼만 성공했고, 충분한 불안과 충분한 안도감을 동시에 느낀 다소 이율배반적인 상태로 여행을 마무리했다.

　정신과 병원을 찾는 증상의 양대 산맥이라 하면 대체로 '우울'과 '불안'을 언급할 수 있을 텐데, 사실 우울도 많지만 불안이 압도적으로 많은 것 같다. 우리가 잘 아는 공황장애도 불안장애의 대표적 질환이다. 강박증이나 사회공포증 같은 형태도 있고, 심지어 아이들이 흔히 겪는 틱 장애 같은 것들도 소아불안의 대표적인 형태이다. 이러다 보니 진료실에서 가장 많이 얘기하는 주제 또한 불안이 되고, 많은 내담자들도 불안의 다양한 모습에 대하여 고민을 털어놓는다. 위에서 언급한 질문들도 가장 흔히 듣는 불안의 형태 중 하나다.

　대체적으로 사람들은 불안을 좋지 않은 것으로 여긴다. 불안이 없는 삶이 이상적인 삶이라 생각한다. 우울과 불안은 대표적인 부정적 감정이니, 부정적 감정이 가급적 없어야 삶이

'준비할 수 없는 불안'에 사로잡히지 말 것: 하와이

항상 긴장하고, 남보다 쉽게 걱정하고, 미리 불안해하는 사람들은 삶을 고통이라 여긴다. 불안에 시달리는 내 모습을 '성격'이라 규정하며 '성격을 바꾸기 위해' 병원과 상담을 찾는다. 성격이 쉽게 바뀌진 않으니까 잘 될 리는 없고, 그러면 또 좌절한다.

행복하지 않겠느냐는 것이다. 항상 긴장하고, 남보다 쉽게 걱정하고, 미리 불안해하는 사람들은 삶을 고통이라 여긴다. 항상 개미보다는 베짱이가 부럽다. 저렇게 천하태평하게 한번 살아보고 싶은 것이다. 겨울에 얼어 죽든 굶어 죽든 그건 나중 일이고, 일단 현재는 내 머릿속을 가득 채운 이 불안과 걱정에서 벗어나고 싶어 한다. 그러면서 불안에 시달리는 내 모습을 '성격'이라 규정하며 '성격을 바꾸기 위해' 병원과 상담을 찾는다. 성격이 쉽게 바뀌진 않으니까 잘 될 리는 없고, 그러면 또 좌절한다.

　당신은 왜 불안할까. 그것은 기질의 탓도, 양육의 탓도 있다. 불안한 사람으로 태어난 것도 있지만, 불안한 환경에서 자란 영향도 있는 것이다. 선천적으로 타고난 불안을 안고 태어나는 사람들이 많이 있고, 우리는 그걸 기질이라 부른다. 또한 부모의 싸움, 가정불화, 부모의 학대나 무관심 속에서 자라는 아이는 아무래도 생활의 터전인 가정이 불안하다 보니 이 또한 불안을 일으키는 원인이 된다. 이렇듯 불안의 원인은 다양하기에 만일 '난 왜 이리 불안한가요?' 질문을 받게 되면 거기에는 뭐라 단언하기 힘들다.

내가 왜 불안한지 그 이유를 알고 싶은 배경은, 그 이유가 해결되면 내 불안도 나아질 수 있다는 생각을 품기 때문일 것이다. 하지만 타고난 기질이 어찌 해결이 되겠는가. 또한 내가 나고 자란 내 가정과 환경은 이미 지난 일들인데, 이제 와서 나고 자란 경험을 뒤집을 수도 없는 일이다. 불안의 원인은 이렇듯 교정되기 쉽지 않은 면이 있다. 차라리 불안이 뇌종양이나 혈관질환으로 생긴다면 이걸 수술로 깨끗이 제거하면 될 텐데 말이다.

물론 불안을 타고난 사람이 아닐지라도, 불안으로 인해 힘들어하는 경우가 많이 있다. 대부분 스트레스 때문이다. 시험을 앞둔 사람들, 이직이나 창업을 앞둔 사람들, 부부관계나 가족관계의 악화, 건강 문제, 이 모든 것들이 불안을 만든다. 이런 불안은 그 불안을 일으키는 문제들이 해결되면 자연히

'준비할 수 없는 불안'에 사로잡히지 말 것: 하와이

사라지게 된다. 불안하게 만드는 문제들이 없어지면 불안이 일어날 일이 없다. 하지만 많은 사람들의 문제는 쉽사리 해결되지 않아서 문제가 된다. 정신과 의사들도 환자들이 많은 문제들을 상담해 오면, 일단 그 문제들을 어떻게 해결할 수 있을지 고민해 본다. 약도 먹고 치료도 할 수 있지만, 그래도 제일 좋은 것은 '문제가 해결되는 것'이다. 그래서 마치 장기 두는 사람에게 훈수하는 심정으로, 혹시 환자가 떠올리지 못한 좋은 해결책이 없을지 고민해 본다. 의사이기 이전에 '변호사'도 되고 '탐정'도 될 필요가 있는 것이고, 실제 많은 사람들이 그런 해결책을 문의하기 위해 병원을 찾는다. "이런 상황에서 제가 어떻게 하면 좋을까요?"와 같은 질문에 답변하기는 어려운 일이다. 말문이 막히는, 전혀 해결책을 떠올리기 어렵고 위로밖에 할 수 없는 상황들도 많다. 그래서 난 보통 "지금 이 문제는 당장에 해결될 수는 없을 것 같습니다. 하지만 그렇다고 계속 이 문제 때문에 괴롭게 살 수는 없지 않겠습니까. 문제가 해결되지 않더라도 지금처럼 우울하고 불안하게 산다면 일상생활에 지장이 많을 것입니다. 그렇기에 필요한 치료들을 하며 지금보다는 덜 우울하고 불안하게 지낼 수 있도록 만들어 주어야 할 필요가 있습니다." 얘기를 많이 한다.

그럼 우리는 불안에 어떻게 대처해야 할까? 현실적으로 대

해결할 수 있는 문제와 해결할 수 없는 문제를 구
분하는 것이 필요하다. 이러한 과정에는 스스로의
이성적 사고 및 주변의 훈수와 도움이 필요할 것이
다. 다시 말하지만 '준비할 수 있는 불안'과 '준비가
안 되는 불안'을 구분해야 한다.

처할 수 있으면 대처하되, 대처가 불가능한 불안에 대해서는 생각하지 않는 것이 좋다. 벌어지지 않은 일들을 미리 생각하고 시나리오를 그리는 것은 도움이 되지 않는다. 북한이 쳐들어올 거라고 항상 불안해하는 사람이 있다고 치자. 이 사람이 남침에 대한 불안 때문에 저 멀리 거제도 같은 곳에 피난처를 만들어 놓는 것은 불안에 대한 하나의 해결책이 될 수도 있다. 불안거리가 생기면 일단은 이렇게 내가 이 불안에 대하여 취할 수 있는 대비책이 있는지를 우선 확인해 봐야 한다. 할 수 있는 조치는 취하되 할 수 있는 것들이 없다면, 막연히 걱정하는 것은 도움이 되지 않는다. 시험이 내일 모레인데 내가 할 수 있는 조치가 공부하는 것이라면, 막연히 걱정하는 것보다는 공부하는 게 훨씬 낫다. 해결할 수 있는 문제와 해결할 수 없는 문제를 구분하는 것이 필요하다. 이러한 과정에는 스스로의 이성적 사고와 주변의 도움이 필요할 것이다. 다시 말하지만 '준비할 수 있는 불안'과 '준비가 안 되는 불안'을 구분해야 한다.

불안한 당신, 참 믿음직한 사람

무엇보다 우리는 불안에 대해 다시 생각해 볼 필요가 있

'준비할 수 없는 불안'에 사로잡히지 말 것: 하와이

다. 불안은 나쁜 감정이라 많은 사람들이 얘기한다. 하지만 불안이 그렇게 나쁘기만 한 것일까? 풀을 뜯을 때도 항상 두리번거리며 주위를 살피는 사슴은 언제 어디서든 사자의 공격에 도망갈 준비가 되어 있다. 갑작스러운 맹수의 공격에 더 잘 대비할 수 있다. 그러다 보니 한가롭게 풀을 뜯는 동료에 비해 생존률이 높아진다. 개미는 추운 겨울에 대한 두려움과 불안 때문에 미리 겨울을 대비했고, 그렇기에 베짱이보다 따뜻하고 배부른 겨울을 날 수 있었다. 이렇듯 불안이라는 것은 최초의 태생적 배경이 '생존'에 있는 것이다. 사람이든 동물이든 불안해야 더 살아남을 가능성이 높아진다. 이런데도 우리가 불안을 불필요한 것으로 봐야 할까.

동물 얘기에 공감이 안 되면 사람 얘기로 넘어와 보자. 당신은 불안한 사람이다. 당신은 다른 사람들이 나를 마음에 안 들어할까 봐 걱정이 많다. 조금이라도 안 좋은 소리를 듣는 것에 대한 공포심이 있다. 남들이 날 좋게 바라봐 주길 바라며 남들에게 혹시나 오해를 살까 봐 매사에 조심스럽다. 내 말이 혹여 남에게 상처가 될까 항상 행동거지에 신경을 쏟는다. 말실수 할까 봐 말도 많이 하지 않는다. 사람들끼리 쑥덕거리고 있으면 혹시 내 얘기하는 것은 아닌가 불안해진다. 내가 일처리를 잘 못해 남들에게 피해주거나 남들이 날 비난할까 봐 일처리에도 완벽을 기하고, 그러다보니 야근은 물론이고 휴일에도 일을 하는 것이 태반이다.

이런 당신을 사람들은 어떻게 볼까?

모르긴 해도 아마도 '신중하다', '믿음직하다', '성실하다'와 같은 평가들을 받을 것이다. 특별히 친한 사람은 없지만 매사에 행동이 조심스럽기에 딱히 적도 없다. 아마도 사람들은 당신을 '조용하지만 싫지는 않은', '왠지 챙겨주고 싶은' 사람으로 여길 가능성이 높다. 불안한 사람들은 정작 자신들은 그 불안 때문에 괴로워하지만, 적어도 타인들에게 공격받는 일은 크게 없다. 매사 조심스러워서 공격받을 일 자체를 별로 하지 않기 때문이다. 사소한 실수에도 예민하다 보니 일처리에서는 비교할 자가 없다. 누구라도 불안한 당신에게 일을 맡기고 싶어 할 것이다. 난 괴롭지만 상대방은 날 인정한다. 바로 당신의 그 불안 덕분에 말이다.

타고난 개미는 베짱이가 될 수 없다. 아니 될 필요도 없다. 당신은 불안하기 때문에 인정받는다. 당신의 불안은 인생이라는 정글에서 당신이 생존할 수 있는 도구가 되어준다. 시험을 앞둔 사람이라면 어느 정도 적절히 불안과 긴장이 있어야 집중력을 가지고 공부를 해나갈 수 있다. '내일 하면 돼, 어떻게든 되겠지' 하는 마인드에서 공부가 될 일이겠는가. 당신은 불안하기 때문에 지금 여기까지 올 수 있었다. 불안은 단지 부정적 감정의 하나가 아닌, 나의 생존 도구이며 내 강점이

'준비할 수 없는 불안'에 사로잡히지 말 것: 하와이

불안한 사람들은 정작 자신들은 그 불안 때문에 괴로워하지만, 적어도 타인들에게 공격받는 일은 이렇듯 크게 없다. 누구라도 불안한 당신에게 일을 맡기고 싶어 할 것이다. 난 괴롭지만 상대방은 날 인정한다. 바로 당신의 그 불안 덕분에 말이다.

다. 타고난 불안을 고치려고 하기보다는, 불안을 올바르게 이해하는 자세가 필요하다.

　적절한 불안은 이렇듯 사람을 이롭게 하지만, 워낙에 불안한 사람이 스트레스로 인해 불안이 가중되면 탈이 나기도 한다. 앞에서 언급한 공황장애, 과호흡, 강박증, 불면증 같은 것들이 그러한 징후들이다. 그러한 병적인 불안까지 자연스럽게 받아들일 수는 없는 일이다. 적절한 개입과 치료로 병적 불안을 낮춰줄 필요가 있다. 스스로 불안을 줄이는 다양한 기술들을 갖추어 나갈 필요도 있다. 적절히 운동하기, 명상하기, 깊게 호흡하기, 다양한 스트레스 해소법들이 그러한 기술에 속한다. 바꿀 수 없는 기질적 불안은 건강하게 받아들이되, 지나치게 불이 붙은 불안은 적절하게 다루어 줄 수 있어야 한다.

이런 부분들은 멀리 갈 것 없이 나에게 적용되는 이야기이기도 하다. 나 역시 불안한 사람으로 태어났으며 지금도 항상 불안과 투쟁하고 있는 상황이다. 하와이 이후에도, 개원의로서의 생활도, 모든 생활들이 사실 불안을 적절히 다루고 취급하는 과정의 연속이다. 때로는 좋게 불안을 받아들이려 노력하기도 하며, 때로는 불안을 원동력으로 건설적 해결책을 찾아보기도 하고, 대비할 수 있는 불안인지 그렇지 않은 불안인지를 항상 감별하려 노력한다. 남들에게 설명하는 것만큼 쉽게 적용되지는 않는다. 훈수 둘 때 잘 보이는 수들이 정작 내가 장기판 앞에 앉으면 하나도 보이지 않는 경우가 많다. 면담할 때조차 오히려 내가 배우게 되는 경우다. 스스로의 과도한 불안을 때로는 받아들이고 때로는 어르고 달래며, 때로는 투쟁하는 수많은 사람들과 오늘도 얘기를 나눈다. 그들 모두를 응원하며, 때론 그들의 불안 속에서 내 불안을 떠올리기도 한다. 그들의 불안 속에서 내 불안을 연상하기도 하기에, 우리는 서로 같이 얘기하며 도움을 주고 있는 것이다.

나이가 점점 들면서 기존의 불안은 점점 옅어지고, 새로운 불안거리들이 생겨나는 것 같다. 진로에 대한 불안이 해결되니 경제적으로 불안해지고, 경제적 불안이 나아지니 건강이 걱정이다. 우리가 모든 불안거리에 대해서 야들야들하게 받아들이려면 얼마나 더 나이를 먹어야 하는 걸까.

어느 정도 인생의 경험과 지혜를 얻어야 모든 불안한 것들에 초월해질 수 있는 걸까.

그런 시간이 과연 오기는 올까.

영혼이 생기를 찾는 곳

: 발리

이곳에 명상의 도시 우붓이 있다

　최대한 멀리, 남들이 안 가는 곳에 가고픈 나의 마음도 결혼과 출산 앞에서는 고개를 숙일 수밖에 없었다. 아이가 태어난 이후에는 여름 휴가 겸 여행을 계획해도 최대한 가깝고 따뜻한, 휴양할 수 있고 바다가 있는 곳을 찾았다. 아이가 태어난 후에는 동남아시아의 근교 휴양지만 다닌 것 같다. 솔직히 그때까지는 가까운 동남아 여행지에는 매력을 느끼지 못했다. 여행은 자고로 먼 곳으로 가서 어느 정도 고생을 하고 와야 그만큼의 기억으로 보상받는다는 생각이 지배적이었으니까 말이다. 하지만 아이의 존재 앞에서는 선택의 여지가 없었다. 그리고 사실, 빡세고 힘든 여행은 알고 보니 나만 좋아하는 것 같더라. 정신과 의사 아니랄까 봐 취향 참 독특하다는 소리도 많이 들었다. 적어도 여행에 대해서는.

기왕 가는 휴양지라면 최고로 좋은 곳으로 가보자는 생각이 들었다. 적어도 동남아 안에서 가장 선호되는 곳이 어디일까. 이래저래 살펴보다가 인도네시아의 섬 발리가 눈에 들어왔다. 지명조차 무언가 럭셔리하고 고급스러운 느낌이 든다. 7시간이 걸리는 비행거리가 다소 부담스러웠지만 아이를 동반해 못갈 정도는 아니었다. 숙소도 풀장 딸린 저렴한 호텔부터 고급 풀빌라까지 선택의 폭이 다양했다. 방콕도 괌도 만족시켜주지 못하는 것들이 발리에서는 가능할 것 같았다. 태국보다 필리핀보다 더 멀리 떨어져 있는 만큼 신비스럽고 이국적인 풍경이 존재할 것 같았다. 영화 〈먹고 기도하고 사랑하라〉에서 사랑을 찾아준 곳도 발리 아니겠는가. 이탈리아에서의 식탐도, 인도에서의 기도로도 만족하지 못한 줄리아 로버츠를 사랑으로 치유해준 곳이 바로 발리였다.

결론적으로 지금까지 난 발리를 총 세 번 다녀왔다. 첫 번째 여행에서는 애를 챙기느라 제대로 못 봤고, 두 번째에서는 섬이 워낙 커 이곳저곳 다 보기가 어려워 세 번씩이나 들

발리는 무언가 언어적으로 설명하기 힘든 묘한 매력과 공기가 있는 곳이다. 가면 갈수록 다시 가고 싶어지는 그런 매력이 있다.

른 것이다. 코로나 때문에 언제 다시 가게 될지는 모르겠지만 기회가 되면 네 번, 다섯 번 횟수를 채우고 싶은 그런 곳이 바로 발리이다. 이제는 많이 자라 여행도 다 기억해낼 수 있는 아이와 특별한 추억을 만들고 싶어서 다시 찾고 싶기도 하다. 그곳은 무언가 언어적으로 설명하기 힘든 묘한 매력과 공기가 있는 곳인데, 가면 갈수록 다시 가고 싶어지는 그런 매력이 있다.

일단 땅덩어리가 커서 가볼 만한 곳이 많다. 보통 우리는 발리 하면 당연히 휴양지의 바다를 떠올리는데, 사실 이곳은 조수 간만의 차가 크고 파도도 높고 무엇보다 아주 깨끗한 물은 아니라서 해수욕하기에 좋은 장소는 아니다. 오히려 호텔리조트의 잘 갖추어진 풀에서 물놀이를 하는 게 더 낫다. 발리의 바다는 이런 높은 간만의 차로 인해 서핑으로 유명한데, 쿠타 비치(Kuta Beach)에는 매일 서핑을 즐기고 배우려는 사람으로 가득 차 있다. 스노보드를 즐기던 20~30대의 젊은 나라면 매일 서핑을 배우며 열의에 가득 찼을 텐데, 이제는 몸이 곧 재산이라 무서운 운동하는 게 꺼려져 감히 엄두를 내지 못했다. 젊음의 열정으로 서핑보드에서 넘어지기를 반복하는 많은 해변의 젊은이들을 보며 내 늙어감을 한탄하게 된다. 짐바란(Jimbaran)의 일몰, 스미냑(Seminyak)의 화려한 거리 등 바다 외에도 발리에는 여행자들의 발길을 사로잡는 곳이 많다.

발리를 찾게 되는 또 하나의 이유는 바로 종교와 사람이다. 발리는 힌두교를 믿으면서도 토속 신앙이 섞여 있는, 독특한 종교적 믿음으로 묶인 동네이다. 종교의 영향 때문인지는 모르겠지만, 그곳 사람들은 마음을 편안하게 만들어 준다. 여기는 여행업에 종사하는 사람뿐 아니라 길에서 만나는 행인들까지도 무언가 자비로운 웃음을 보여준다. 친절과 상냥함이 어떤 목적이 있는 것이 아닌, 그냥 이 사람들에게 스며져 있는 것 같다. 대접받는다는 느낌보다는 뭔가 진심으로 사람을 환대해 주는 느낌. 인도의 힌두교도 이런 느낌인지는 모르겠지만, 이집트의 이슬람에서 느꼈던 상냥함과는 또 다른 형태의 인자함이 이곳에는 있다. 마치 성당 내부의 아우라에서 느껴질 만한, 깊은 산 암자의 풍경 소리에서 느껴질 만한 기분 좋은 차분함을 잊지 못해 사람들이 다시 이곳을 찾는지도 모르겠다. 이제 막 여행이라는 것을 인지하기 시작한 우리 아이가 "아빠 여기는 뭔가 이상하게 기분이 좋아지는 곳이야." 얘기하게 되는 그런 매력을 가지고 있다. 급하지 않고 차분하며 타인에게는 너그러운 이런 심성은 도대체 어떤 양육과 문화적 배경에서 이렇게 일관되게 만들어지는 건지 마음을 탐구하는 의사로서도 궁금하지 않을 수 없었다.

"아빠, 여기는 뭔가 이상하게 기분이 좋아지는 곳이야." 급하지 않고 차분하며 타인에게는 너그러운 이런 심성은 도대체 어떤 양육과 문화적 배경에서 이렇게 일관되게 만들어지는 건지 마음을 탐구하는 의사로서도 궁금하지 않을 수 없었다.

발리를 다시 찾고 싶은 곳으로 만들어주는 또 하나의 존재는 바로 우붓(Ubud)이다.

우붓은 발리 섬 북쪽에 있는 농촌 마을이다. 바다로 둘러싸인 발리에서 거의 유일한 산간 마을이다. 사실 처음 발리에 갔을 때 이곳만의 독특한 분위기를 느껴봐야 한다 들어서 당일로 가이드 여행을 계획했다. 하지만 하루 당일치기로 우붓을 느끼는 것에는 한계가 있는 거 같아 점점 우붓 체류를 늘리게 되었고, 세 번째 여행에서는 일주일 여행기간의 거의 반을 우붓에서 보내게 되었다. 발리의 바다 마을은 사실 어느 동남아 휴양지와 큰 차이가 없는데, 사실 발리를 발리답게 만들어 주는 거의 모든 것들이 이 우붓 땅에 축약되어 있다. 왜 영화에서는 발리를 사랑을 찾는 곳으로 묘사했을까. 사랑을 하고 싶은 공기와 향기가 고여 있는 곳, 그곳 발리를 압축시켜 놓은 마을이 바로 우붓인 것 같다. 계단식 논과 계곡, 향 냄새와 짚 태운 연기로 가득한 그곳, 모두 산책이나 요가를 즐기며 한가롭게 노니는 곳이 바로 우붓이다.

우붓이 나의 관심을 끄는 다른 사연으로는 바로 이곳이 소위 '세계 멘털 관리의 1번지'이기 때문이다. 전 세계의 명상과 요가, 마음챙김과 수양에 몰두하는 수많은 사람들이 이곳 우붓을 찾는다. 이곳에는 수많은 명상센터와 요가 클래스가 밀집되어 있고, 사람들은 자신의 스케줄에 맞추어 필요한 수업 발리를 발리답게 만들어 주는 거의 모든 것들이 우붓 땅에 축약되어 있다. 계단식 논과 계곡, 향 냄새와 짚 태운 연기로 가득한 그곳, 모두 산책이나 요가를 즐기며 한가롭게 노니는 곳이 바로 우붓이다.

에 참여하고 수양한다. 명상과 수양 이후에는 소일거리를 하며 돈을 벌거나, 산책과 운동을 하며 스스로를 돌보거나, 마음 맞는 이들과 어울려 여가를 즐기는 사람들로 가득하다. 무언가 '마음에 대한 답을 얻기 위해' 사람들이 삼삼오오 모이는 곳이 바로 우붓이다. 나도 처음에는 단순히 우붓을 섬에 있는 산간마을 정도로 생각했지만, 이러한 사실을 알고 난 이후에는 이곳을 그냥 지나칠 수 없었다. 한국에서 소위 마음을 치료하며 살아가고 있는 나에게 소위 직업의식과 호기심이란 게 생긴 것이다. 마음에 대한 해답을 찾으려 모여드는 이곳에 머무르게 되면 뭔가 같은 도움을 받을 수 있지 않을까 하는 생각이 들었다. 남들을 더 잘 치료할 수 있는 방법이랄지, 아니면 내 마음을 더 잘 컨트롤할 수 있는 방법 같은 것 말이다.

결론적으로 그런 방법 같은 것은 없더라. 뭘 하든 스스로 마음의 해답을 구하는 방법밖에는 없다. 여기 우붓 땅에는 누군가 대단한 스승이 있어서 모여드는 것이 아니라, 마음의 해답을 구하는 작업을 서로 도우며 등 떠밀어 주는 분위기가 잘 형성되어 있는 탓이 크다. 같은 목적을 이루고자 하는 사람들이 모여 있는 곳이라면 한결 낫지 않겠는가. 혼자 공부하는 것보다 독서실에서 남과 같이 공부할 때 집중이 더 잘되는 것과 마찬가지일 것이다. 이런 분위기에 나도 슬며시 편승하면

나 또한 마음의 답을 찾는 순례자가 되는 것이다. 사실 난 마음의 답을 찾고 싶은 것보다는 단지 그러한 순례자가 한번 되어보고 싶은 마음이 컸던 것 같다. 우리는 정신과 책을 파고들며 의사가 되었지 성찰하고 철학하며 의사가 된 것은 아니니까. 다른 의사도 아니고 정신과 의사이기에, 이런 마음의 답을 찾는 성찰과 명상을 계속 해나가야 하는 게 아닐까. 때론 의학서적 지식보다는 끝없이 지속된 성찰로 발견한 내 인생의 깊이와 지혜를 환자들에게 얘기해 주는 것이 더 훌륭한 것 아닐까 하는 생각을 하게 된다. 그 답을 언제 찾을 수 있을지 모르기에, 순례자 코스프레라도 한번 해보고 싶은 생각이 든 것이다.

우붓에서는 그런 마음으로 살았다. 발리의 스미냑이나 누사두아(Nusadua) 같은 해변 마을에서는 철저히 휴가를 떠나온 사람의 마음으로 세상 번뇌를 잊고 지냈다면, 우붓으로 들어오면서부터는 정해진 기간 동안 저들과 같이 마음을 수양하는 척이라도 하며 지내보겠다고 다짐하게 되었다. 마을의 불은 일찍 꺼지고, 자연 빛의 흐름으로 살아가게 된다. 풀벌레 소리와 짚 태우는 연기의 향이 내 마음을 더 차분히 가라앉힌다. 난 누구이며 어디에서 와서 어디로 가는가, 삶은 무엇이고 내 삶의 방향은 어디로 가야 하는지 단 1퍼센트라도 생각해 보고자 하게 된다. 이 마을의 분위기가 날 그렇게 만든다.

우붓에서 기울인 두 가지 노력이 생각난다. 하나는 남들 자는 새벽에 일어나 아침 태양을 맞으며 산길 산책로를 걷던 기억들. 저 앞 산책로 멀리 연인들이 포옹하는 모습을 보면서 이곳이야말로 먹고 기도하는 것보다는 사랑해야 하는 곳인 것 같다고 나지막히 감탄했던 일. 걷는 것 자체가 명상이요, 철학이 되던 그때의 걸음걸음과 산책 후 커피 한잔을 마시며 상념에 빠졌던 완벽했던 그날의 아침.

저 앞 산책로 멀리 연인들이 포옹하는 모습을 보면서 이곳이야말로 먹고 기도하는 것보다는 사랑해야 하는 곳인 것 같다고 나지막히 감탄했다.

또 하나는 굳이 가족들을 교화시키겠다며 아내와 아이를

데리고 언덕길을 올라 힘들게 도착했던 어느 명상센터에서의 기억들. 에어컨은 없고 미세한 산들바람만 부는, 창문 환히 열린 그 명상센터에서 비 오듯 땀을 흘리며 힘들게 요가자세를 따라하던 나와 내 가족들. 명상 선생님은 왠지 예수님을 연상시키는 장발의 서양인이었고, 그 선생님의 남성미와 미모에 매혹되다가도 날 원망의 눈빛으로 쳐다보는 가족들의 시선이 신경 쓰여 제대로 마음을 성찰하지 못했던 그때의 기억. 역시 힘든 것은 나 혼자 해야지 남들을 참여시키고자 설득하면 본전도 못 차린다는 인생의 교훈을 배웠던 그때. 내가 좋아하는 것을 상대방은 세상에서 제일 싫어할 수도 있다는 지극히 당연한 사실을 다시 깨우쳐 준 그곳 우붓의 기억들.

　나중에 다시 발리를 찾는다면 더는 수양에 대한 부담을 갖지 않을 것 같다. 인위적인 목표를 가지고 여행을 떠날 필요가 없다는 것을 이제는 알기 때문이다. '마음수양을 하러 여행을 떠나는' 것보다는, '여행을 다녀와 보니 마음수양이 되어 있더라' 깨닫게 되는 것이 더 이상적인 결과가 아닐까 한다. 생각해보니 나 역시 어떤 깨달음을 얻겠다는 강박을 가지고 길을 떠난 것만은 아니었더라. 다녀와 보니 하나의 여행지가 하나의 키워드와 깨달음이 되고, 그런 깨달음이 이런 글로 옮겨진 것이니까 말이다. 굳이 마음을 단련하려 여행을 떠날 필요도 없다. 휴양이든 고행이든 그게 무슨 상관이 있을까.

중요한 건 내가 이 여행에서 만족하고 돌아오는 것이 아닐까. 온몸의 힘을 빼고 긴장을 풀면서 매 순간을 즐기다 보면 어느 순간 어떤 풍경이나 사람이나 광경이 내 마음속에 떡하니 자리를 잡으면서 잊을 수 없는 하나의 순간과 기억을 남기는 것, 그게 여행의 매력이다. 그런 기억을 가져온 사람에게 비로소 여행은 휴양보단 하나의 인생의 목적이 되리라 본다.

내가 그랬듯이.

긴장을 풀고 이완을 배우다

¶ "병원에 가면 다 괜찮다고, 아무 문제 없다고 하는데도 이곳저곳이 다 아파요. 이것도 혹시 정신과적인 문제일까요?"

"저는 별로 우울하지도 불안하지도 않아요. 근데 왜 남들은 날 보고 우울해 보인다고 하는지 모르겠어요. 내가 내 마음을 제대로 모르고 있는 걸까요?"

"기분이 '좋다', '나쁘다' 외에는 딱히 적당하게 표현을 잘 못하겠어요."

기업정신건강연구소에 몸담았던 당시, 한 회사의 임직원을 진료했던 적이 있다. 그 회사에서는 임직원들의 스트레스 관리에 골머리를 앓고 있었는데, 그때 직원들을 대상으로 대

규모의 명상교육을 실시하기도 했다. 올바른 명상을 통해 심신의 피로와 스트레스를 경감시킬 수 있다는 전제였는데, 당시 나도 그 교육에 참여는 했지만 명상을 별다르게 신뢰하지는 않았다. '이런 게 심리 건강에 무슨 소용이 있나' 하는 회의적인 시각이 많았지만 이런 속마음을 드러낼 수는 없었다. 회사가 큰 돈 들여 괜한 일을 한다는 생각이었다.

그런데 명상에 대해 공부를 좀 해보니, 우리가 일상의 스트레스를 다룰 수 있는 가장 손쉽고 편리한 방법 중 하나였다. 어차피 모든 사람이 병원을 다니거나 상담을 받을 수 있는 것은 아니기에, 대부분의 사람들은 자신의 스트레스를 자기 스스로 관리할 필요가 있다. 그래서 다들 운동을 하거나 게임을 하거나 음주가무로 스트레스를 푼다. 끝없는 대화와 수다도 좋은 방법이 된다. 방법의 편차는 여러 가지가 있겠지만 대부분의 사람들은 그들만의 방법으로 적당히 스트레스를 풀려 하고, 대부분은 그럭저럭 성공을 거둔다.

하지만 항상 똑같은 방법으로 성공을 거둘 수는 없다. 스트레스를 다루는 방법은 많으면 많을수록 좋다. 스트레스를 받으면 몸에 힘이 들어간다. 몸이 긴장하는 것이다. 불안할 때 자율신경이 흥분하면 보통 심장이 두근거리고 숨이 차며 머리가 아파오고 식은땀이 나기도 한다. 신경이 곤두서고 근육이 긴장하는 것이다. 그래서 긴장된 몸을 이완시키는 것이 무엇보다도 중요한데, 사실 우리는 어떻게 우리 몸을 이완시킬 수 있는지를 잘 모른다. 몸의 힘을 빼야 되는데 평소에 힘 빼는 연습을 해본 적이 없다 보니 어떻게 힘을 빼야 하는지 잘 모르는 것이다. 운동을 할 때도 사실 힘을 빼는 게 중요하다. 골프도 힘을 빼야 더 잘 치게 되고, 수영도 힘을 빼야 물에 더 잘 뜬다. 힘 빼는 게 마음대로 안 되다 보니 골프도 수영도 그렇게 어렵다.

그런데 명상은 우리 몸을 이완시키고, 힘을 빼는 데 도움을 준다. 우리는 보통 명상을 할 때 우리가 들이쉬고 내쉬는 숨에만 집중한다. 이렇게 되면 기타 근골격과 자율신경을 진정시키는 데 도움을 준다. 몸에 힘이 빠지니 잠을 자는데도, 불특정한 신체의 통증을 다루는 데도 도움이 된다. 100미터 달리기 출발 전에도 선수들이 과도한 긴장을 줄이기 위해 크게 심호흡 하는 것처럼, 깊은 호흡과 호흡에의 집중은 신체를 이완시키는 데 도움이 된다. 명상뿐 아니라 요가도 마찬가지로 호흡이 중요한데, 이는 요가 역시 이완에 무게중심을 두고 있다는 얘기가 된다. 힘을 빼는 것은 참 중요하다. 어찌 보면 사람의 심리를 치료한다는 것 자체가 그 사람의 몸과 마음의 힘을 빼는 과정일 수 있다. 긴장하게 만들기 위해 치료하는 경우는 없다.

스트레스라는 것 자체의 어원이 라틴어로 'strictus', 'strin-

힘을 빼는 것은 참 중요하다. 어찌 보면 사람의 심리를 치료한다는 것 자체가 그 사람의 몸과 마음의 힘을 빼는 과정일 수 있다. 긴장하게 만들기 위해 치료하는 경우는 없다.

gere'에서 온 것인데 이는 '팽팽한', '좁은'이라는 뜻을 가지고 있다. 스트레스를 받는다는 것은 마치 고무줄을 양쪽에서 잡아당겨 끊어지기 이전의 팽팽한 상태를 만드는 것과 같다. 해결책은 당기는 힘을 줄여 고무줄을 느슨하게 만드는 것이다. 느슨한 것은 곧 이완이다. 우리는 항상 우리를 긴장하게 만드는 것들에 둘러싸여 살아가고 있기 때문에, 이완하는 방법에 대해서는 잘 모른다. 그래서 명상은 이완의 좋은 방법이 된다. 명상은 굳이 특별한 공간을 마련하지 않고도 걷거나 앉아서 또는 누워서도 언제든 할 수 있기 때문에, 명상하는 방법을 잘 익혀놓는다면 스트레스에 대처할 수 있는 유용한 기술을 배우는 것이다. 요즘은 스마트폰에서도 간단한 지시에 따라 명상할 수 있는 유용한 어플을 찾을 수 있기 때문에, 적절히 이용하면 좋을 것 같다.

명상과 자기성찰의 과정은 내 자신을 들여다보는 과정이다. 내 마음을 안다는 것, 이게 생각보다 참 어려운 일이다. 우리는 남들 마음은 잘 알면서 정작 내 마음은 잘 모른다. '내가 아니면 내 마음을 누가 알겠어' 생각하지만 그게 말처럼 쉽지가 않다. 장기판에서 남들 훈수는 잘 둬도 정작 내가 판 앞에 앉으면 그 수가 안 보이는 것과 비슷하다. 분명 이 사람이 잠을 못자고 무기력한 것은 불안하고 우울해서일 텐데, 정작 난 하나도 우울하지도 불안하지도 않다고 주장하는 사람들을 진료실에서 흔히 본다. 질투하거나 외롭거나, 화나거나 하는 감정의 인지 없이 단순히 '좋다', '나쁘다'로만 감정을 표현하는 사람들도 흔하다.

사실 이는 어쩌면 사람의 성장 발달 과정이기도 하다. 누구나 어릴 때는 자기중심적이고, 내가 세상의 중심이다. 하지만 성장하면서 타인과 어울려 살아야 할 필요성이 증가하고, 결국 그 '사회성'을 얻기 위해 남의 눈치를 보며 살아가는 법을 배운다. 지금 저 사람의 기분이 어떠한지, 어떤 얘기를 해주면 좋을지에 대해 고민하게 된다. 자연히 우리의 안테나는 점점 내 바깥세상을 향해 주파수를 돌리게 되고, 우리는 나보다는 남의 표정과 말에 점점 더 관심을 가지게 된다. 이게 잘못된 과정이라 볼 수는 없겠지만, 슬프게도 이런 과정 속에서 정작 우리 자신의 감정과 생각을 들여다보는 데 둔감해지는 것이 문제다. 대한민국처럼 겸손과 배려를 중요하게 생각하고, 자기주장을 불편해하는 문화도 이러한 상황에 한몫 거들게 된다.

심리적으로 강해진다는 것은 결국, 내가 날 보호할 수 있는 능력이 커진다는 것을 의미한다. 우리에게는 수많은 스트레스와 공격에서 우리 스스로를 보호해야 할 권리와 의무가 있다. 나 아닌 다른 누구도 날 보호해 줄 수 없으니까 말이다. 그런데 내가 날 보호하려면 결국, 내가 언제 어떻게 상처받는지를 알아야 한다. '이것이 나에게 상처'라는 것을 인지해야 이 상처로부터 날 보호하는 것이 가능하다. 하지만 반복된 상처에도 내가 그 고통을 상처로 인지하지 못한다면, 그 상처를 주는 사람으로부터 날 보호하는 것도 어려워진다. 지나 보니 그것이 나에게 상처가 되었던들 이제 와서 어떻게 할 것인가. 상처의 순간에서 날 보호하려면, 바로 그 순간 나의 마음에 대한 올바른 인지가 필요한 것이다. 내 마음이 다치는 순간을 올바로 인지해야 우리는 "노(no)!"를 외칠 수 있다.

남들의 마음을 다치게 하는 데는 매우 조심스러워하면서도, 정작 자기 마음이 다치는 것은 인지하지 못하는 사람들. 이런 사람들은 평소에 매우 선하고 좋은 사람으로 묘사되기

십상이지만, 정작 그 당사자는 항상 긴장 속에서 살아가기 일쑤다. 자신의 사소한 말이나 행동 때문에 남들이 기분 나쁘거나 화내지 않을까 전전긍긍하면서도, 정작 자기 자신은 화라는 감정에 둔감하다. 마치 화를 느끼면 안 되는 사람처럼 보여진다. 때로는 착취당하고 때로는 존중받지 못해도 좀처럼 화라는 감정을 느끼지 못한다. 마치 나의 감정은 별다른 가치가 없는 것처럼 여긴다. 술에 취해 폭언·폭행을 일삼는 남편에게 매번 술상을 차려주는 것을 당연하게 여기는 아내와 같은 모습이다.

마음 들여다보기, 나를 귀하게 여기는 시간

결국 내 마음을 잘 들여다본다는 것은 나를 존중하는 과정이다. 타인도 아닌 나 스스로를 보호하기 위함이다. 내가 날 존중하지 않으면 날 보호할 이유가 없어진다. 내가 화가 나고 있음을 인지하는 것은, 저 사람이 날 존중하지 않고 있음을 인지하는 것이다. 세상에서 가장 중요한 사람은 바로 나 자신이다. 풍요롭고 번영하는 세상도 내가 없으면 무슨 소용 있으랴. 배우자도, 부모도 자식도 결국은 내가 있음에 소중한 존재들이다. 누구도 나의 존엄을 해칠 권리가 없음을 인지해야

나 자신을 보호할 수 있다. 나는 그럴 가치가 있는 사람이다. 술 먹고 패는 남편 앞에서 술상을 뒤엎어 버릴 수 있는 용기는 결국 내가 화가 나 있고 존중받지 못하고 있음을 인지해야 가능한 일이다. 부당함에 대한 항의, 원하는 것에 대한 주장은 스스로의 마음을 충분히 인지할 수 있을 때 가능하다.

그래서 우울과 불안 상태가 나아지면, 대체로 '까칠해지는' 경향성이 있다. 예전에는 나를 잘 돌보지 않았던 사람이, 스스로를 더 잘 돌보게 되면서 주변에도 다양한 의사표현을 하는 것이다. 그것은 어떠한 교육이나 깨달음으로 이루어지는 것이 아닌, 그냥 자연스럽게 이루어지는 과정이다. 나를 더 잘 보호해야 할 필요를 느끼게 되면서, 자연스럽게 날 더 뒤흔드는 것들에 항의하게 되는 것이다. 평소에 얌전하던 사람이 요즘은 가끔 화를 내기도 하고, 평소에 하지 않던 자기주장을 하기도 한다. 남들도 사람이 변했다고 하고, 자기 자신도 당혹스러워 한다. 이게 옳은 건가? 이럴 때 나는 그를 격려한다. "잘하고 있습니다. 더 까칠해져도 돼요. 남들에게 너그럽고 스스로에게 까칠해지는 것보다는 그게 훨씬 나아요."라고.

우리가 자신의 마음을 잘 돌보고 성찰하려면, 가급적 나만의 시간을 조금이라도 가져볼 필요가 있다. 항상 남들에게 둘러싸여 살기에, 타인에게 집중하는 상황에서는 정작 내 자신의 마음을 돌아보기 어렵다. 짧은 시간이라도 나 홀로 차 마시고 산책하고, 멍하게 앉아 있는 시간 속에서 내 감정과 생각에 몰두할 수 있는 기회를 얻을 수 있다. 토론하고 대화하면서 명상을 할 수는 없는 법 아니겠는가. 남들에게 둘러싸인 생활이 너무 익숙한 나머지 정작 혼자서 밥 먹는 것 하나도 남들 눈치 보면서 힘들어하는 경우가 있는데, 바쁜 현대인에게 이러한 혼자만의 시간은 오히려 오롯이 나에게 집중할 수 있는 금쪽같은 시간이 될 수 있다.

어찌 보면 상담을 받는다는 것도 결국, 내가 못하는 '내 마음 들여다보기'에 대한 코칭을 받는 시간이 될 수 있다. 나보다는 그런 작업을 더 잘하고, 노하우도 풍부한 사람의 도움을 받으면서 내 마음을 더 알아가는 것이다. 골프나 수영 레슨을 받는 것처럼, 내 마음 들여다보기 레슨을 상담을 통해 제공받는 것이다. 단지 차이가 있다면 다른 레슨은 선생님 주도로 이루어지는 것에 비해, 상담이라는 것은 나의 주도로, 아니면 나와 상담가의 동등한 주도로 이루어진다는 차이가 있다 하겠다. 내 마음을 객관적인 시선에서 지켜봐 주고 조언해 주는 존재가 있다는 것, 그것은 마치 독학으로 운동하다가 PT를 받는 것과 같은 발전이다.

발리에서 내가 감명을 받은 것은, 그곳에서 만난 사람들이 몸과 마음을 대하는 자세다. 그들은 불필요한 긴장을 하려 하지 않으며, 힘을 빼면서도 행복을 찾고, 스스로의 감정과 생각에 항상 반문하는 삶의 자세를 보여줬다. 항상 내 마음이 제일 소중하다는 점을 인지하고, 내 마음에 관심을 가진다면 적어도 과도한 스트레스와 불안·우울에서 어느 정도 벗어날 수 있지 않을까. 남을 들여다보기만 하는 나 같은 정신과 의사도 정작 내 마음에는 소홀해지기 쉽다.

오늘도 발리를 생각하며 그곳에서 만난 구도자의, 성찰자의 공기를 그리워해 본다.

10

가깝지만 가장 먼 길

: 서울둘레길

궁극의 여행은 익숙한 것을 새롭게 보는 일

아직도 지면에 다 싣지 못한 여러 여행의 여정이 많이 남아 있다. 토요일 저녁에 홍콩으로 날아가 1박 3일로 월요일 아침에 귀국해 바로 진료실로 향하는 미친 짓도 해보았고, 루프탑에서 바람을 쐬며 칵테일에 취하는 느낌이 좋아 네다섯 번 이상 방콕행 비행기에 올라타기도 했다. 때로는 고난의 일정 속에서 무언가 깨달음을 얻으면서, 때로는 마냥 잘 쉬기만 하면서 그렇게 나의 여행기는 계속되었다. 그렇게 잘 먹고 잘 움직이면서 필요한 체력을 충전해 가며 다시 떠날 날을 기다렸고, 마치 여행을 하는 것이 생의 목적이나 되는 것처럼 일상을 여행의 준비물 삼는 날들이 계속되었다.

하지만 2020년 1월 이후, 나의 여행 시계는 멈춰버렸다.

미리 고향집에 다녀온 후 설 연휴를 방콕에서 보내기 위해 인천공항에 도착한 순간, 많은 사람들이 마스크를 쓴 채로 분주히 움직이고 있는 모습을 보면서 평상시 공항에서 느끼는 설렘과 들뜸보다는 다소간의 긴장과 불안이 느껴졌다. 태국의 모든 사람들은 그 더위 속에서도 마스크를 쓴 채로 움직이고 있었고, 유독 우리 호텔에 많이 머무르던 중국인 관광객들은 마치 방독면 같은 마스크를 쓴 채로 체크인을 하고 있었다. 뭔가가 잘못 돌아가고 있음을 느꼈고 마치 내가 있지 말아야 할 곳에 있는 것 같은 기분이 들었다. 공포 속 귀국행 밤 비행기에서 마스크 두 겹을 겹쳐 쓰고 오지 않는 잠을 억지로 청했던 경험은 두 번 다시는 하고 싶지 않은 경험이었다.

그 밤 비행기 이후 팬데믹이 우리를 침범했다.

여름 휴가에도, 명절에도, 빨간 날이 붙어 있는 연휴에도 어딘가 떠날 수 없다는 것은 어색한 고통이었다. 어디론가 떠나기 위해 일상을 살아가는 나 같은 사람에게 팬데믹의 후유증은 더 크게 다가왔다. 하지만 모두가 같은 어려움을 겪고 있기에 동병상련의 마음으로 견뎌 나가야 했다. 조금씩 적응이 되어갔다. 너무나 당연하게 누리던 것들을 누리지 못하게 되면 처음에는 서글프고 고통스럽겠지만, 결국 사람은 적응의 동물이다. 공항과 비행기에 대한 그리움은 제주도가 어느 정도 해결해 줄 수 있었다. 가끔씩 국내 여행을 다니다 보면 이렇게 말도 잘 통하고 음식도 잘 맞는 여행이 더 나은 것 아닌가 하는 생각도 들었다. 언제 내가 외국여행을 다녔는지 기억도 나지 않는 듯했다. 그렇게 새로운 일상에 적응하기 위해 고군분투했다.

하지만 익숙한 곳에서의 편안함은 가끔씩 피어오르는 내 호기심과 새로운 경험에의 욕구를 채워줄 수는 없었다. 나는 도파민이 필요한 사람이니까. 무언가 새로운 경험이 필요했다. 내 주변의 그리 멀지 않은 곳에서 안전하게 내 도파민을 채워줄 수 있는 것들이 과연 뭐가 있을까 고민하고 알아보았지만 적당한 것들이 나타나지를 않았다. 그래서 답답하면 걸었다. 평지만을 걷는 것은 재미가 없으니까 때론 산에 올랐다. 여행을 못가면서 산에 오르는 빈도가 늘었다. 서울은 세계에서도 손꼽히는, 산세가 우람한 수도라는 것을 등산을 하면서 알게 되었다. 어느 나라의 대도시도 이렇게 사방팔방 산으로 둘러싸인 곳은 흔치 않다. 북한산도 오르고 관악산도 오르고 하면서 무작정 움직이고 싶은 여행에의 욕구를 소박하게나마 풀 수 있었다. 날씨만 좋다면 먼지만 적다면 무작정 산에 올랐다.

산을 오르다가 우연히 서울둘레길의 존재를 알게 되었다. 힘들게 낑낑대며 정상을 올라가는 그 길에는 항상 이쪽으로 가면 더 편하게 산세의 정취를 느낄 수 있을 거라는 서울둘레길 안내판이 자리하고 있었다. 그 안내판을 무시하면서 정상길을 재촉하면서도 내 마음속에는 항상 가보지 않은 그 길에 대한 호기심이 일었다. 자료를 찾아보니 서울둘레길은 총 8코스로 이루어져 있는, 서울을 동서남북으로 둘러싸는 길이라는 것을 알게 되었다. 8코스 곳곳에 자리하고 있는 스탬프를 다 찍으면 인증서를 수여한다는 사실도 알 수 있었다. 문득 인증서에 욕심이 생겼다. 항상 환자들에게 운동하라고, 움직이라고 잔소리하는 게 내 일인데, 당신의 주치의도 이렇게 열심히 움직이기 위해 노력하는 사람이라는 것을 보여주고 싶었다. 인증서를 떡하니 진료실 뒤에 전시해 놓고, 난 이렇게 잔소리만 하는 사람이 아니라 몸소 모범이 되는 사람이라는 사실을 증명하고 싶었다. 불순한 의도였는지는 모르겠지만 결국 그 욕심이 내가 둘레길을 걷기 시작하는 커다란 계기가 되었음을 부인할 수 없다. 약간의 강박성향도 도움이 되어서, 일단 한번 스탬프를 찍기 시작하니 옆 칸의 스탬프도 채우고 싶은 불안과 같은 강박이 생겨났다. 누가 만들었는지 모르겠지만 스탬프라는 게 사람을 움직이게 하는 강한 당근이 되더라.

심장이 터질 정도로 험준한, 둘레길이라는 단어가 어울리지 않는 길도 있었지만, 그래도 대체로 둘레길은 둘레길이었다. 더 이상 못가겠다 싶을 정도로 힘들 때면 어김없이 오르막은 끝나고, 달콤한 능선과 내리막이 날 반겨주었다. 심심하고 지루할 정도로 내리막과 평지가 나오다가도 다시 오르막이 나오며 적당히 땀 흘리게 만들었다. 쭉 올라갔다가 쭉 내려가는 게 등산이라면, 둘레길은 적당한 오르내림이 반복되는 것이 왠지 우리 인생과 더 비슷하다는 생각이 들었다. 종종 우리 감정을 업다운을 반복하는 파도에 비유하는데, 이유없이 좋다가도 나쁘고, 때론 밋밋하고 평탄하기도 한 우리 감정과 둘레길은 비슷한 부분이 많다. 그렇게 인생은 길과 같기에, 우리는 그 길 위에서 철학을 하고 인생을 생각하는 게 아닐까. 그렇기에 사람들은 걸으며 생각하고, 생각하기 위해 걷는 게 아닐까 문득 떠올려 보았다.

때로는 홀로, 때로는 친한 사람들과 이 길을 걸었다. 내 인생의 모토처럼, 혼자도 즐겁고 여럿이면 더 즐거웠다. 여럿이면 길에서의 정취와 감정을 나눌 수 있어 더 좋았고, 심심하지 않아 좋았고, 막걸리 동료가 있어서 더 좋았다. 혼자일 땐 생각에 빠져들 수 있는 시간이 많아 좋았다. 생각해 보니 올해로 내가 서울이라는 땅을 밟은 지 딱 20년이 되는 해더라.

내가 둘레길을 걷는 것이 마치 20년 서울살이를 돌아보는 기회가 되는 것 같았다. 더 넓고 새로운 곳에 가보고 싶다는 마음에서 이 새로운 곳에 정착하게 된 것, 그때부터 내 여행길이 시작된 것이 아닐까? 편안한 곳에서 안주하지 않고 적절한 호기심과 두려움을 안고 새로운 경험을 위해 떠난 그 길 이후, 이곳에 정착하며 동시에 또 다른 여행을 꿈꾸고 있는지도 모르는 일이었다.

내가 둘레길을 걷는 것이 마치 20년 서울살이를 돌아보는 기회가 되는 것 같았다. 더 넓고 새로운 곳에 가보고 싶다는 마음에서 이 새로운 곳에 정착하게 된 것, 그때부터 내 여행길이 시작된 것이 아닐까?

이곳을 더 잘 알고 싶어서 부지런히 돌아다녔다. 정작 서울에서 나고 자란 사람들은 자기가 사는 동네 외에는 잘 모른다고 하는데 말이다. 남산타워도 가보고, 한강 유람선도 타보고, 63빌딩도 가보고 해야 이 땅에서 적응할 수 있을 거라 생각했나 보다. 경험과 적응은 분명 다른 것인데도 말이다. 하지만 서울은 넓고도 넓은, 천만 명 이상의 사람들이 모여 사는 곳이다. 내가 발버둥 쳐봐도 못 가본 곳, 경험해 보지 못한 곳 투성이다. 둘레길은 그래서 좋았다. 동서남북으로 서울을 둘러싼 그 길을 걸으면서 가보지 못한 곳을 밟는 것, 새로운 곳을 보는 일이 좋았다. 가보지 못한 곳을 경험하는 것에서 도파민이, 흙길의 감촉이 주는 편안함에서 세로토닌까지 충전이 되니 일거양득이었다. 팬데믹으로 멈춰버려 불평만 가득할 줄 알았던 현재의 시간 속에서 문득 나 자신은 물론, 걸어온 길과 지나간 시간을 돌아보는 기회를 가질 수 있었던 것이다.

지하철이나 버스를 타고 그곳에 도착해서 그냥 걸으면 되는 것이었다. 어떠한 준비물도 연습도 필요 없다. 배우고 연습해도 생각만큼 안 돼서 짜증나는 골프나 수영처럼 스트레스를 받을 필요도 없었다. 걷는 것은 사람의 원초적인 행위이기에, 어떠한 인위적인 행위 없이 단순히 걸음만 옮기는 것이기에. 언제라도 걸을 수는 있는 것이니까, 발걸음을 내딛으며 그냥 걸으면 되었다. 이런 단순한 걸음조차도 힘들어지지 않기 위해서는 몸을 더 잘 관리해야 되겠구나 하는 생각도 하게 되었다. 걷는 것조차 힘들어지면 난 어디에서 행복을 찾아야 할 것인가. 체력을 유지하고 근골격의 건강을 유지해야 이런 소박한 기쁨이라도 누릴 수 있다는 사실을 깨닫게 되는, 문득 건강에의 소중함을 더 곱씹게 되는 걸음걸이의 연속이었다.

날씨가 추워서, 먼지가 많아서, 비가 와서 게으름을 피웠던 이 길이 최근에서야 끝났다. 단순히 걸음이 좋아서, 길이 좋아서 걸어다닌 보상과 증명을 받을 수 있다는 것이 어색하기도 하면서도 한편 고맙기도 하다. 여가시간을 부지런히 보내려 한 나의 노력에 대한 보상으로 여겨지기도 한다. 진료실을 찾는 분들에게 내 둘레길 증명서가 어필할 수 있을지는 모르겠다. 적어도 잔소리만 하는 사람은 아니라는 것을 증명할 수 있다면 다행이다. 이제는 다시 새로운 도전을 찾아다니고 있다. 대한민국 100대 명산을 돌아볼까? 아니면 제주 올레길을 다녀볼까? 무언가 나에게 새로운 미션을 준다는 것이 한편으로는 피곤한 일이기도 하지만, 나 같은 사람에게는 계속 움직이게 만드는 동력이 됨을 부인할 수는 없을 것이다.

"세상 구경 한번 잘 하고 갑니다."

내가 이 세상을 언제 떠날지는 모르겠지만 이렇게 부지런히 길 위를 걷는다면 아마도 내 묘비에는 이런 문장이 쓰여지지 않을까.

생각해 보니 꽤 괜찮은 문장인 것도 같다.

동서남북으로 서울을 둘러싼 그 길을 걸으면서 가보지 못한 곳을 밟는 것, 새로운 곳을 보는 일이 좋았다. 가보지 못한 곳을 경험하는 것에서 도파민이, 흙길의 감촉이 주는 편안함에서 세로토닌까지 충전이 되니 일거양득이었다.

일상을 여행처럼, 여행을 일상처럼

¶ "요즘 보니 기분이 많이 좋아지셨네요. 무슨 일 있으세요?"

"제가 얼마 전 여행을 다녀왔거든요. 찌든 생활에서 벗어나니 기분이 상쾌해지더라고요. 낯선 곳에 있으니 우울한 일상에서 탈출한 느낌도 들고요. 날 모르는 사람들에게 둘러싸여 있으니 남들 눈치 볼 필요도 없고요. 근데 돌아오니 다시 우울해지네요."

아무리 치료해도 좋아지지 않던 사람들이 막상 여행을 다녀와서는 기분이 호전됨을 보고하는 경우가 많다. 물론 그 효과는 일시적인 경우가 많고 영구히 유지되지 않는 경우가 많지만, 적어도 일상에서 탈출한 일이 기분에 긍정적인 영향을 끼친다는 것은 부인할 수 없는 사실인 것 같다. 나를 우울하게 만드는 것은 나를 둘러싼 환경인 경우가 많기에, 그 환경에서 잠시나마 탈출하는 것은 내 기분을 환기시킬 가능성이 많다. 환경이 바뀌면 생각도 바뀌고, 똑같은 생각만 맴돌던 내 머리도 새로운 환경에서는 새로운 생각들을 만들어낼 수 있을 것이다. 그렇게 노력해도 떠오르지 않던 긍정적인 생각들이 정작 여행길에서는 노력하지 않아도 떠오르는 경우도 많다.

이토록 여행은 좋은 것이다. 하지만 불현듯 여행을 떠나기가 어려운 세상이 되어버렸다. 움직이는 것보다는 머무르는 것을 더 선호하는 세상이 되었다. 머무르는 것도 처음에는 그리 나쁘지는 않았다. 집에서도 음식을 시켜 먹거나 영화를 볼 수 있었으며, 운동도 할 수 있었다. 그렇게 자신이 머무르는 곳에서 새로운 세상에 적응하기 위해 고군분투했다. 하지만 그러한 생활을 더 이상 견딜 수 없다는 듯이 사람들은 삼삼 오오 밖으로 나오기 시작했다. 등산을 가고 자전거를 타고 한강에 간다. 외식을 하고 공원에 가고 드라이브도 한다. 그러고 보니 인류의 조상은 농사짓고 정착하기 이전에는 수렵채집을 하던, 이리저리 움직이며 먹이를 구하고 잠을 자던 사람들이다. 움직인다는 것은 대대손손 내려오는 본능과 같다. 우리는 유전적으로 머무르기보다는 움직이도록 설계되어 있는 것이다.

움직임의 본능은 사람들로 하여금 여행하게 했다. 인류의 조상은 생존하기 위해 움직였지만, 요즘의 사람들은 행복과 즐거움을 찾아 여행을 한다. 기왕 움직여야 한다면, 생존을 위해서보다는 즐거움을 위해 움직여보는 것이 어떨까 고민하기 시작했고, 그래서 사람들은 여행을 고안해냈다. 그래서 누구나 즐거움과 편안함을 누리기 위해 여행을 떠난다. 우울한 일상에서 탈출하기 위해 여행을 떠나고, 움직이기를 갈망한다. 그렇게 움직이도록 프로그래밍 되어 있는 상태에서 가급적 머무르도록 강요받고 있으니 다들 얼마나 힘들지는 말할 필요가 없다. 여행을 떠나고 싶어서 찜찜해도 백신을 맞는다는 사람들이 수두룩하다고 뉴스에도 나오지 않는가.

'여행'이라는 단어의 뜻을 사전에서 찾아보니 '일이나 유람을 목적으로 다른 고장이나 외국에 가는 일'이라고 나와 있다. 일을 하러 가는 것도 여행인지는 잘 모르겠지만, '유람'이라는 단어 안에는 '즐기고, 쉰다'는 의미가 함축되어 있다. '다른 고장이나 외국'이라는 것만 봐도, 우리가 일반적으로 여행이라는 것을 어디론가 멀리 떠나는 것으로 생각하고 있다는 것을 알 수 있다. 동네 마실 나가면서 여행 간다고 얘기하지는 않지 않는가. 게다가 사람들은 더 멀리 떠날수록, 남들이 가지 않는 곳으로 갈수록 더 여행 같은 여행을 했다고 간주하는 것 같다. 움직인 거리와 여행의 퀄리티를 비례해서 생각하는 경향이 많다. 제주도 가는 것보다는 동남아에 가야, 동남아보다는 남미에 가야 더 진정한 여행이라 생각하는 것 같다.

하지만 이제는 그런 여행의 사전적인 의미에서 벗어날 필요가 있다. 우리는 점점 더 멀리, 나아가 우주까지 여행할 수 있을 거라 생각했는데 세상이 그렇게 내버려 두지를 않는다. 팬데믹이 어떻게 전개될지 아직도 알 수 없다. 이런 팬데믹 세상을 우리가 예측이나 했겠는가. 따지고 보면 앞날에 또 어떤 예측 못한 일들이 발생해서 우리의 여행을 방해할지 모를

일이다. 기후변화, 전쟁, 또 다른 팬데믹 등 방해 요인은 무진
장 많다. 전혀 예상하지도 못한 기상천외한 일들이 튀어나올
수도 있다. '다른 고장이나 외국으로 가는 일'이 당연한 일이
아니게 되어가고 있다.

마음이 새로워지면 발 닿는 모든 곳이 여행지

멀리 가기는 어렵다. 하지만 우리는 여전히 여행을 원한다.
그렇다면 정답은 무얼까. 바로 내가 있는 이곳에서 나만의 여
행을 만들어 내는 것이다. 떠나지 못해 괴로워하는 것보다는,
우릴 만족시킬 수 있는 새로운 방법을 창조하는 것이 더 유익
하다. 멀리 떠나야 여행이라는 사전적 의미에 우리 각자가 도
전해야 하는 것이다. 방구석도 여행지가 될 수 있다는 말도
있지 않은가. 여행이라는 단어를 들으면 자연스럽게 비행기
티켓을 떠올리기 마련인데, 그러한 관념에서 벗어날 필요가
있다.

우리는 익숙한 것들에서 벗어나기 위해, 새로움을 찾기
위해 여행을 떠난다. 그러면서 내가 사는 이 주변에는 익숙
한 것들 투성이라 여긴다. 하지만 새로운 것이 꼭 멀리에만
있지는 않다. 예전의 나였다면 서울둘레길 정도는 내 주변의

멀리 가기는 어렵다. 하지만 우리는 여전히 여행을 원한다. 그렇다면 정답은 무얼까. 바로 내가 있는 이곳에서 나만의 여행을 만들어 내는 것이다.

매우 익숙한, 마치 동네 공원 같은 곳으로 치부했을 것이다. 하지만 그 길에서 내가 목격한 것은 새로운 동네와 건물, 풍경과 길과 사람들이었다. 내가 사는 이 도시를 잘 알고 있다고 생각했는데, 막상 이 도시 안에 내가 모르거나 경험하지 못한 많은 것들이 존재함을 알 수 있었다. 반경을 더 좁혀도 마찬가지다. 가끔 동네를 산책하다 보면 내가 모르던 가게나 집, 골목이 번듯이 자리 잡고 있음을 알게 된다. '여기 이런 곳이 있었나?' 놀라게 되는 곳, 저기 나중에 한번 가봐야지 싶은 호기심을 불러일으키는 곳들도 심심찮게 있다. 그렇게 눈을 크게 뜨면 우리 동네도 호기심 천국이 된다. 새로운 경험과 느낌이 여행의 요소라면, 우리 동네에서도 여행은 가능한 것이다.

단 여기에는 조건이 있다. 호기심 어린 관찰자의 눈으로 세상을 바라봐야 한다. 나를 둘러싼 것들에 관심을 가지지 않고 다정한 눈빛을 주지 않는다면, 단지 앞만 보고 걸어간다면 둘레길은 등산이요, 동네는 걷기운동이 될 뿐이다. 여행자에게는 두리번거리는 자세가 필요하다. 이것도 예쁘고 저것도 멋있다 느낄 수 있으려면 이리저리 두리번거려야 하는 것이다. 동네를 두리번거리며 걸어본 적이 있었던가. 그만한 마음의 여유, 시간의 여유가 있었던가. 천천히 걸어야 주변이 보인다. 출근길 지하철을 타러 가는 5~10분 동안 우리가 어떻게 주변에 몰두할 수 있겠는가. 눈앞의 지하철역만 보일 뿐이다. 우리는 목표 지향적으로 걸어가기에, 우리 주변을 두리번거리는 것에는 영 어색하다. 두리번거리는 것은 두리번거릴 만한 곳에 가야 가치 있으리라 생각한다. 하지만 날 둘러싼 내 주변에도 새로운 것들이 많이 있을 것이다. 꽃은 이름을 불러주었을 때 비로소 꽃이 된다 하지 않던가. 눈을 크게 뜨고 내 주변을 두리번거릴 때, 일상에서의 여행은 시작된다.

여행은 또한 감정으로 가득 찬 시간들이다. 우리는 즐거움, 편안함, 행복을 추구하며 여행을 떠나지 않는가. 이러한 긍정적 감정을 가득 채우고 오길 기대하며 우린 여행을 떠난다. 때론 뜻하지 않게 부정적 감정으로 슬픔과 우울에 잠기기도 하지만 어쨌든 그것도 감정은 감정이다. 하지만 우리의 일상은 감정보다는 이성으로 가득 차 있다. 우리는 문제해결을 위해 달려가며 하루하루를 보낸다. 회사에서의 일도, 가정을 챙기고 아이를 돌보는 일도, 경제생활을 유지하고 가계를 불리는 일도 이성적 활동의 연속이다. 해야 할 일을 하느라 감정을 돌아보지 못한 채, 그렇게 하루가 가면 집에 가서 멍하게 쉬는 일상이 반복될 뿐이다. 진료실도 마찬가지다. 사람들은 흔히 진료실은 힘든 사람들의 희로애락이 난무하는, 감정으로 가득 찬 공간일 것 같다는 생각을 한다. 하지만 정작 그 공간에서 상주하는 나는 환자들의 문제를 해결하기 위해, 그들의 증세를 호전시키기 위해 이성적 고민으로 가득 찬 하루를 보낸다. 일상이 이렇게 이성적 활동으로 가득 차 있다 보니, 정작 우리 스스로 감정에 깨어 있을 수 있는 시간은 고작해야 여행에서의 시간뿐인 것이다. 그래서 여행이 더 소중한 것일 수도 있다.

하지만 이 얘기를 돌려본다면, 우리가 이성보다 우리의 감정에 더욱 관심을 가지고 그것들에 집중할 수 있다면 그 시간이 바로 여행의 시간이 될 수 있다는 결론이 나온다. 꽃과 나무와 풀에 사소한 감동을 느꼈던 둘레길에서의 시간과 문득 보름달이 센티멘털하게 느껴지는 동네 산책. 우리가 동네에 있든 외국에 있든 그러한 감정에의 순간은 어김없이 찾아온다. 다만 우리가 준비되지 않았던 것뿐이다. 내 주변에서 소중한 것들을 찾으려 노력하겠다는 마음의 준비, 현실의 답답한 문제에서 잠시 벗어나서 내 가슴속 찰나의 감정에 집중해 보겠다는 마음의 준비 말이다. 내가 문득 나의 감정에 진중하게 몰두할 수 있다면, 그곳이 어디든 나만의 근사한 여행지가 될 수 있지 않을까.

일상을 여행처럼 살고 싶다는 생각을 항상 해왔다. 내 삶을 풍요롭게 만들어 주는 게 여행의 시간일진대, 매일 매일을 그렇게 살 수 있다면 더 이상 바랄 게 없지 않을까. 아직도 난 그 답을 찾는 지난한 과정 위에 서 있다. 하지만 적어도 매

일 두리번거리며 주변을 호기심 어린 시선으로 바라보기 위
해, 찰나의 내 감정을 놓치지 않기 위해 노력하고 있다. 그러
한 노력들이 내 일상을 조금이나마 여행의 순간으로 변화시
켜 줄 것을 믿고 있다. 매일 언제 어디서든 사소하지만 나만
의 여행을 떠나기 위해 노력하고 있다.

　내일도 난 떠날 것이다.

　어디로든지.

슬픈 편안함이 아닌, 숨찬 행복감을 위하여

2021년 겨울, 사람들은 다시금 여행을 준비하고 있다. 아직 코로나19라는 장벽이 사라진 것은 아니지만, 떠나기를 갈망하는 사람들의 욕망을 가라앉히기는 어려운 것 같다. 벌써 내년 비행기표를 구하기가 어렵다는 얘기도 들려온다. 이런 것을 보면 마치 먹고 자는 문제처럼, 어딘가로 떠나는 행위도 사람의 기본 욕구에 속하는 것이 아닐까 생각될 정도다.

유럽 대륙에서 시작하여 서울둘레길에서 마무리된 이 책의 여정은, 주어진 상황에서 어떻게든 떠나보려 발버둥 쳤던

한 사람의 눈물겨운 변천사라 볼 수도 있겠다. 하지만 그 많은 떠남의 과정에서 난 알게 되었다. 눈을 크게 뜨고 세상에 대한 호기심만 가지고 있다면 내 주변의 어디든 근사한 여행지가 될 수 있음을. 멀리 떨어진 곳, 유명하고 화려한 곳만이 우리에게 만족감을 주는 것이 아니다. 실제로 코로나 시대를 거치면서, 대한민국이라는 나라에 이렇게 멋지고 훌륭한 곳이 많았다는 것을 깨달았다는 사람들이 늘었다. 코로나라는 비극적인 상황을 떼어놓고 생각하면, 가깝고 소박한 것들의 아름다움을 재발견하게 되었다는 것은 그 나름으로 긍정적인 현상이다.

혹자는 그런 얘기들을 한다. 그냥 좀 쉬면 안 되냐고. 꼭 어디론가 떠나야만 하는 거냐고. 안 그래도 지치고 힘든데 자꾸 떠나라, 움직여라, 주문하는 것이 불편하다고. 날 좀 내버려 두라고. 맞는 말이다. 움직일 기력조차 없는 사람들이 너무나 많다. 주중에 하루 서너 시간밖에 못 자가며 일하거나 시험을 준비하는 사람이라면, 시간 날 때마다 집에서 편안히 휴식을 취하는 것이 낫다. 감기몸살에 열나고 아픈데 움직이면 병이 낫기는커녕 더 심해진다. 우울한 사람들도 무언가 할 수 있는 의욕이 없으니, 움직이기는 힘든 일이다. 움직인다는 것은 이렇듯 몸과 마음이 따라주어야 가능한 일이다. 움직일 여력이 없는 사람은 일단 충분히 쉬고 충전하면서, 움직일 수 있는 에너지를 모으는 것이 더 나은 일이 될 것이다. 다리 부러져 깁스한 사람한테 운동장을 뛰라 얘기할 수는 없는 일이니까.

하지만 하나 강조하고 싶은 점은, '편안함'과 '즐거움'은 다르다는 것이다. 많은 사람들이 편안한 것을 즐거운 것으로 혼동하는 경우가 많다. 면담할 때 내담자들에게 "이번 주에 뭐 재미있거나 즐거웠던 일은 없었나요?" 물어보면, 가끔 주말 동안 집에서 푹 쉬어서 즐거웠다 얘기하는 사람들이 있다. 편안함을 누릴 시간조차 없는, 힘들고 바쁜 사람들이 워낙 많은 세상이기에 편안함이 즐거움과 동의어가 되기도 하는 것 같다. 하지만 이불 속에 파묻혀 쉬는 것과 조기축구회에 나가서 사람들과 공을 차며 느끼는 즐거움은 전혀 다른 개념이다. 편안하지 않아도 즐거움을 누릴 수는 있겠지만, 대체적으로 몸과 마음이 편안해야 즐거움을 누릴 수도 있다. 적극적인 사람들은 편안함에만 만족하지 않는다. 즐거워야 삶에 만족할 수 있으므로, 항상 뭔가 즐길 거리를 찾아 나선다. 찾는 만큼 보이게 되고, 더 많이 즐기게 된다.

내담자들에게 이런 얘기를 자주 한다. 치료는 다름 아닌 마음의 불편함을 줄이는 일이라고. 아픈 곳을 낫게 해주는 게 병원의 역할 아니던가. 하지만 어떤 사람들은 치료를 해도 마음이 즐겁거나 재밌지가 않다 이야기한다. 치료는 아픈 것을 안 아픈 것으로 만드는 일인데, 사람들은 치료를 받으면 우울함이 즐거움으로 바뀔 거라고 생각한다. 불가능한 일이다. 상담을 통해 최대한 덜 불편한 상태가 되도록 도와줄 수는 있다. 당신을 최대한 편하게 만들어서, 즐거움을 찾아 나설 수 있는 상태로 만드는 것이 정신과 의사들의 일이다. 편안함은 얻을 수 있지만, 즐거움은 획득해야 한다. 재미와 즐거움을 누린다는 것은 어느 정도의 노력과 번거로움을 요구하는 일이다.

이에 마지막으로 당부드리고 싶다. 편안함에만 만족하지 말라고. 즐거움과 재미를 찾아 나서라고. '행복은 불행하지 않은 것'이라는 얘기는 참 슬프게 와닿는다. 그렇게 보면 편안하게만 살아도 충분히 만족하며 살 수 있을 것 같기도 하다. 하지만 난 편안함을 넘어, 즐겁고 싶다. 기왕 사는 인생, 충분히 재미있고 즐겁게 살고 싶다. 하지만 다들 재미있고 즐겁게 살기를 원하면서, 정작 움직이지는 않는다. 언젠가 즐거움이 날 찾아와 줄 거라 기대하면서, 그저 가만히 기다리기만 한다. 그러면 곤란하다. 움직여야 하고, 찾아 나서야 한다. 그래서 걷는다는 것은, 여행한다는 것은 즐거움을 찾아 나서는 기본적 행위가 된다. 가슴 터질 듯한 심장박동과 벅찬 호흡을 견디며 저 높은 산을 올랐을 때의 만족감과 즐거움은, 상상만으로는 절대로 느낄 수 없는 일일 테니까.

움직일 수 있다면, 움직여 보자. 먼 곳이든 가까운 곳이든.

새로운 것들, 신기한 것들, 익숙하지만 낯설게 느껴지는 것들을 찾아보자. 그런 것들이 모여 당신의 일상의 재미와 즐거움을 만들어 줄 테니. 즐겁게 사는 사람에게 우울이 찾아올 리 있으랴.

마지막으로 이런 나의 여행길과 역마살의 동반자가 되어 주는 우리 좋은 형님들과 친구들, 책에서 소개한 여행지를 함께 해준 많은 이들, 눈이 안 좋지만 최대한 아들의 책을 읽어 보려 노력하시는 우리 부모님, 그리고 앞으로의 내 인생의 여정도 함께 해나갈 우리 집의 서열 1, 2위 따님과 아내에게 감사 인사를 전하고 싶다.

아, 그리고 바쁜 와중에도 꾸준히 누추한 진료실을 찾아와 원장님과 자질구레한 얘기를 나누어 주시는 많은 이들께 진심으로 감사하다 전하며 이 글을 마칠까 한다.

걷다 보니, 내가 좋아지기 시작했다

1판 1쇄 인쇄 2021년 12월 6일
1판 1쇄 발행 2021년 12월 13일

지은이 이승민
펴낸이 박지혜

기획·편집 박지혜 | **마케팅** 윤해승, 윤두열 | **경영지원** 황지욱
디자인 박소윤
제작 삼조인쇄

펴낸곳 (주)멀리깊이
출판등록 2020년 6월 1일 제406-2020-000057호
주소 10881 경기도 파주시 광인사길 127
전자우편 murly@humancube.kr
편집 070-4234-3241 | **마케팅** 02-2039-9463 | **팩스** 02-2039-9460
인스타그램 @murly_books
페이스북 @murlybooks

ISBN 979-11-91439-10-6 03810